永远不要失去希望，这是生存技能的基石。除此之外，野外生存的第一条法则就是永远要保持微笑，只要你活着就还有希望。

——贝尔·格里尔斯

Bear

审图号：GS（2018）2216号

MISSION SURVIVAL

天上下雨时也要微笑，身处地狱时——勇往直前。

Bear

荒野求生少年生存小说系列（拓展版）使用说明

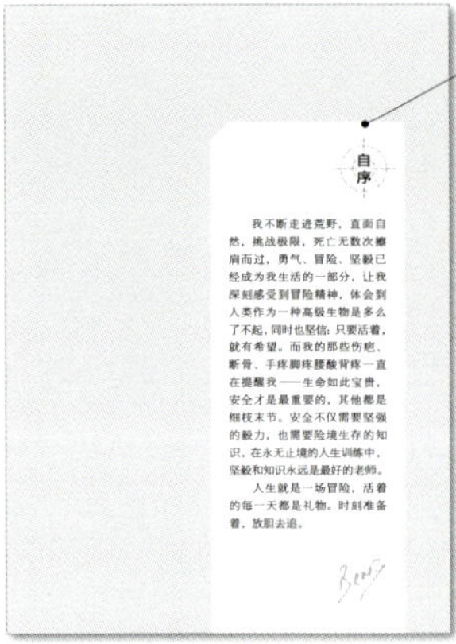

拓展①

看一看贝尔为拓展版撰写的全新自序。

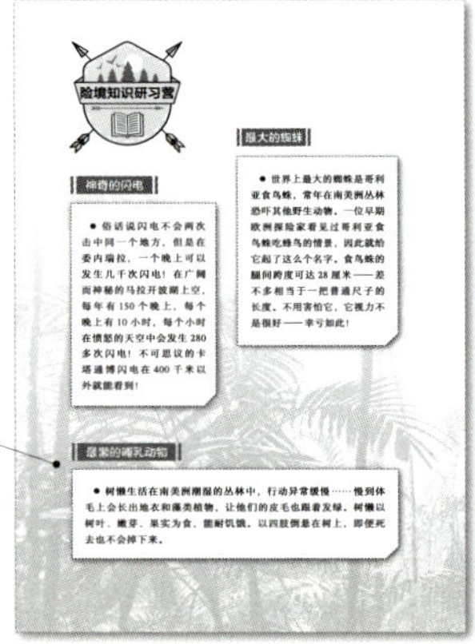

拓展②

来加入“险境知识研习营”。

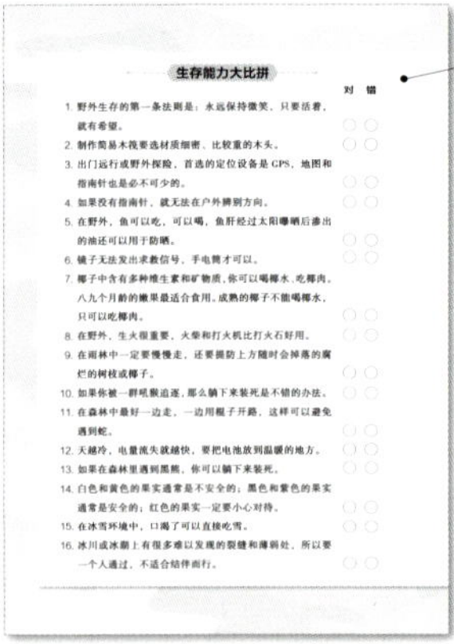

拓展③

做一做“生存能力大比拼”。

（前勒口）

拓展④

扫一扫，看教官演示户外求生必备技能。

（前勒口）

拓展⑤

测一测，你是什么类型的生存之星？

[英] 贝尔·格里尔斯 著 陈芳芳 译

荒野求生 MISSION SURVIVAL

拓展版 14

少年生存小说系列

猎犬冰湖的潜水救援

LIEQUAN BINGHU DE QIANSHUI JIUYUAN

接力出版社
Publishing House

桂图登字: 20-2014-092

图书在版编目（CIP）数据

猎犬冰湖的潜水救援 /（英）贝尔·格里尔斯著；陈芳芳译. —南宁：接力出版社，2018.6（2024.9重印）
（荒野求生少年生存小说系列：拓展版）
书名原文:MISSION SURVIVAL 14: MISSION TAIGA
ISBN 978-7-5448-5605-8

Ⅰ.①猎… Ⅱ.①贝… ②陈… Ⅲ.①儿童小说-长篇小说-英国-现代 Ⅳ.①I561.84

中国版本图书馆CIP数据核字（2018）第093356号

责任编辑：车颖 袁怡黄 涂曼璐 美术编辑：王雪
责任校对：刘会乔 责任监印：刘宝琪 版权联络：王燕超
出版人：白冰 雷鸣
出版发行：接力出版社 社址：广西南宁市园湖南路9号 邮编：530022
电话：010-65546561（发行部） 传真：010-65545210（发行部）
网址：http: //www.jielibj.com 电子邮箱：jieli@jielibook.com
经销：新华书店 印制：天津盛辉印刷有限公司
开本：880毫米×1250毫米 1/32 印张：7.25 插页：4 字数：150千字
版次：2018年6月第1版 印次：2024年9月第4次印刷
印数：232 001—237 000册 定价：25.00元

CONTENTS

目 录

自序

我不断走进荒野，直面自然，挑战极限，死亡无数次擦肩而过，勇气、冒险、坚毅已经成为我生活的一部分，让我深刻感受到冒险精神，体会到人类作为一种高级生物是多么了不起，同时也坚信：只要活着，就有希望。而我的那些伤疤、断骨、手疼脚疼腰酸背疼一直在提醒我——生命如此宝贵，安全才是最重要的，其他都是细枝末节。安全不仅需要坚强的毅力，也需要险境生存的知识，在永无止境的人生训练中，坚毅和知识永远是最好的老师。

人生就是一场冒险，活着的每一天都是礼物。时刻准备着，放胆去追。

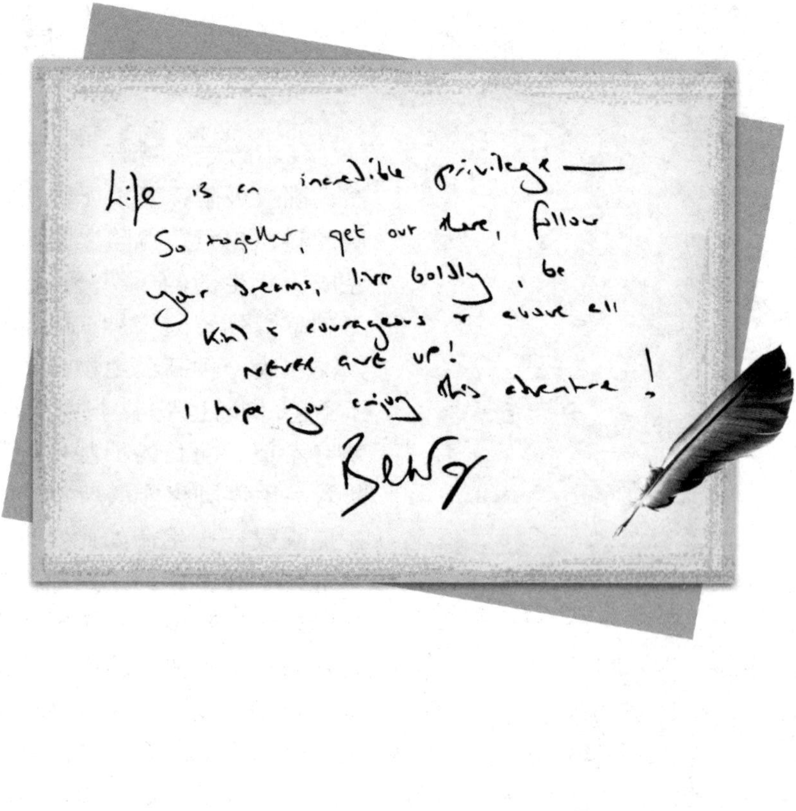
Life is an incredible privilege —
So together, get out there, follow
your dreams, live boldly, be
kind & courageous & above all
never give up!
I hope you enjoy this adventure!
Bear

登场人物介绍

贝克·格兰杰

贝克·格兰杰只有十四岁，但他掌握的生存技巧已经超过了大部分成年人一辈子能学到的量。他从小就跟为“绿色力量”环保行动组织工作的父母走遍了全球各地的偏远部落，也因此学到了不少传统的生存技能。从此之后，他就在全世界的热带丛林、荒漠和冻土区等极限地区不断磨炼自己。

戴安·格兰杰（安妮塔·瓦尔卡塞尔）

戴安一直以为自己是安妮塔，而她父亲是个把她当作财产看待、令她唾弃的人。只要不做出格的事，她就能享尽奢华，但她一不听话就会受到严酷的惩罚。她最大的心愿就是远走高飞，即便她眼下还没本事逃跑。她还并不知晓的生身父母给了她永不放弃的勇气和毅力。

妮卡·马卡连科

开朗活泼的俄罗斯女孩。父亲格里戈里·马卡连科是当地的“绿色力量”办公室负责人，因搜集了大量俄罗斯黑手党的罪证而被劫持，母亲卢德米拉也遭到威胁。突如其来的遭遇，激发了妮卡顽强、勇敢的精神，与贝克和戴安一起，踏上了营救之路。

加夫里尔·索科洛夫

萨林斯克的黑手党头目，当地的犯罪事件几乎都和他有关。为了销毁罪证而劫持了格里戈里·马卡连科。索科洛夫住在一所乡间别墅里，3 米多高的围墙，持枪护卫二十四小时巡逻，一群嗜血的猎犬……这里更像是一座黑暗的堡垒，隐藏着滔天的罪恶。

楔子

凛冽的寒风直往贝克·格兰杰的骨缝里钻。他光着膀子，皮肤已经麻木，风透过麻木的皮肤，直逼肋骨，此时，贝克觉得肋骨就像被火烤一样疼。

满天都是云，几缕昏暗的月光透过云层照了下来，贝克只能隐约辨识出脚下踩着的冰面——一团模糊的白色，平坦、光滑，一直往远处延伸，最后和周围的昏暗融为一体。除了冰面，脚边还有丢下的衣物。

贝克迅速把T恤叠起来，和其他衣服摞在一起。贴身T恤外面的厚T恤、羊毛衫以及厚实的棉外套都已经脱下来了。接着，他摘掉了帽子。该脱靴子了，他用颤抖的十指小心翼翼地解鞋带。现在，双脚和冰面之间就只有袜子隔着了，但袜子不能脱。没有这层薄薄的羊毛袜，皮肤很快就会冻结在冰面上。那样他就会被困住，无法动弹。到时候只能等着被冻死，再也无计可施。

“你……你们……转……转过脸去了吗？”他说话时声音控制不住地微微发抖。身体知道，颤抖会产生热量，这比吐字清晰更重要。

“转过去了。”一个女孩回答说。

“当然，”又一个女孩回答说，“你快点吧。”

贝克咬了咬嘴唇。他很庆幸，夜色已慢慢将他们包围。他脱掉了裤子。

然后是里面的棉毛裤。

接着是短裤。

“动起来，动起来。”一直以来他都信守这句格言，就算不是现在这种情况——赤身裸体地站在西伯利亚零摄氏度以下的冬天里，双脚和冰面只有一层袜子相隔，他也信奉这句话。但他以前从未觉得“动起来”会如此重要。动起来，只有动起来，血液才会流动，能量才能在体内循环。如果他不动，身体的温度调节机制就会强行介入，这就会产生我们说的低体温症—— 一种致命的症状。

为了自保，身体会把上肢和下肢的血液收回到核心部位。如果还不行——这么冷，又是户外，肯定不行——身体会在保护心脏和保护大脑之间做出选择。最后胜出的会是心脏，大脑将败下阵来。身体会把流向大脑的血液收回，一开始，贝克会感觉晕晕乎乎，接着会失去意识，最后会晕过去。晕过去之后，身体什么时候会向低温认输，会彻底放弃抗争，他将一无所知。

贝克把衣服打成捆，尽可能捆得紧一些，然后全部塞进背包。他已经把背包里携带的物品全都掏了出来——现在对他来说，衣服最重要，背包只能用来装这个。他用胳膊紧紧抱着背包，在拉上拉链之前，用力挤压。背包是绝对防水的，也就是说，空气也无法进出，如果有空气进去，背包就会漂起来。贝克马上要潜到水下，背包漂在水面上肯定不行。

最后，贝克用力一甩，将背包扛上肩头，全身上下只有一双袜子了。他开始往冰面边缘挪，刺骨的冰水已经将袜子打湿，寒意直逼脚底。

贝克暗暗感叹，要是自己以前没有类似的经历就好了。如果他不知道接下来会多痛苦，行动就会容易得多，毕竟，无知者无畏。可他清楚地知道接下来会发生什么。

记得小时候，他和芬兰当地的一个部落一起过冬。那是遥远的北方，在北极圈之内再往北很远的地方。部落里的人教了他很多求生的知识。他们教给他如何在冰雪覆盖的森林中找食物，遇到超强暴风雪如何生存。为了让他有切实的体验，还让他整个人浸入表层结冰的溪流。剧烈的刺激让胸肌急速收缩，肺部空气急速外涌，他根本无法控制。接着他们赶紧把他从水中拉出来。真是生动的一课。

此刻，贝克感觉到心在剧烈跳动，每次他打算挑战惊险刺激的事，或是感到害怕的时候，心跳就会加速。这一次，他觉得非常惊恐。尽管他只想动起来，一直动，不要停，但他还是强迫自己放慢了速度。两只脚慢慢交替活动，只要能够保证血液流通就好。他将注意力集中，慢慢深呼吸。吸气，停顿片刻，呼气……就这样一遍遍重复。每呼吸一次，他都觉得自己平静了一些，速度慢了一些。每一次呼吸都为他接下来的行动多做了一分准备。

如果龙瑶在，她会怎么说？贝克心想。尽管内心依然有恐惧，周围依然滴水成冰，可他脸上露出了微笑。他的这位中国朋友教过他将身体的能量汇集到一起的方法，甚至完成一些不可思议的动作。如果龙瑶在，她会说，你应该跳出动作本身，看到动作完成后的那一刻。如果你徒手断木——这一点她可以做到——那就不要总想着是皮肤和骨骼在击打坚硬的木头，要看到手穿过木头的画面，然后再去断木。身从心而动。

我已经在水里了，贝克看着冰水，心想，我并不害怕。

“我——来啦！”他大声喊着。

他往前迈一步。有那么一瞬，他的脚是悬在水面上方的，接下来就完全交给重力了。黑暗中，刺骨的冰水瞬间将他包裹，肺部似乎发出了痛苦的尖叫声。

第一章

有好戏看了

俄罗斯，西伯利亚，萨林斯克，六小时之前。

戴安笑得前仰后合。

“这么说，你真的让詹姆斯在上面小便了？”

“嗯，对啊！”贝克一脸无辜，也面带微笑，然后对妹妹说，“无论如何，他得把冰化开啊。只要是温热的液体就行……”

警笛声穿透冰冷的空气，穿过贝克帽子上厚厚的护耳，从远处传来。他环顾四周，看看附近是否有突发事件，可是一点迹象也没看到。

兄妹俩沿着萨林斯克的主干道前行，这条路又直又长，两边都是丑陋不堪的水泥建筑物。人行道旁是一堆堆的污雪——铲雪车把街道上的雪铲到路边，任由其变成坚冰。呼呼的风在楼群间穿梭，坚硬的小冰晶随风飞舞，拍打着不畏严寒的行人的脸。

戴安还在笑。

“这还真是詹姆斯的风格。你有没有跟他说，不要直接用手碰冰冷的金属？”

“说了好几次。他去加拿大了，布雷克集团要在那里设一个新的办公室，他向我求助，让我给他支着，好帮他应对寒冷的气候。你瞧，他刚到那儿，就得开门，门上就是金属的把手。他没戴手套。我记得我最先接到的是他从渥太华打来的电话，向我寻求建议。”贝克变了变嗓音，模仿詹姆斯·布雷克说话。詹姆斯是他的朋友，也是戴安的朋友。“门把手上明明没有冰啊，我觉得没有冻上。”

“真的吗？他真的往门把手上小便了？”

“是啊，”贝克笑着说，“不管怎样，他反正顺利进了门。还好，当时只是语音通话，不是视频。跟你说，从那以后我再也没跟他握过手。”

贝克把外套裹紧一些。现在还不算隆冬，隆冬的话，温度会降到零下20摄氏度以下，真够提神的。不过，这样的低温已经不远了。俄罗斯人深谙过冬的方法，贝克和戴安现在穿的就是俄罗斯人最保暖的衣物。可即便外套里面有棉层，有厚厚的皮毛，靴子保暖又防滑，身体也依然无法暖和起来，你得不停地运动。还好，他们从宾馆走到目的地只需五分钟。

傍晚微弱的光亮在慢慢减退，天很快就会黑下来，十六小时后才能再次天亮。贝克扒开手套边缘，看了看手表。还差五分钟就 4 点了，他们得在 4 点钟到达目的地。他看了看街道，眼睛盯住了街道尽头的一栋楼，那栋楼的外形就像一个巨大的鞋盒子。楼外是一排汽车，多数都停在了设计好的路边停车区内，两头的车挤不进去，只能胡乱停在路边。

“喏，那一定是‘绿色力量’的办公室了。”贝克斜了斜眼睛，示意戴安，“你不拍下来吗？”

“我才不拍呢！”她说，帽子下面的脸都变了形，“这个地方看上去就像《我的世界》游戏里入门玩家设计的——屏幕上只有深深浅浅的灰色。”

贝克回头看了看整条街道。她说到了点子上。萨林斯克的确不适合旅游。

戴安知道什么能打动人。她的视频账户粉丝量惊人，最近去戈壁滩探险的视频一播出，粉丝更多了。如果她对什么感兴趣——她的兴趣点很广——就会一瞬间拿出相机开拍。然而，萨林斯克的情况完全不同，刚来到这里时她拍了几次，之后相机就被束之高阁了。

街道、天空以及楼房……一切的一切，都是灰色的。阿尔伯伯跟他们俩说过，萨林斯克人不怎么在意一个地方是否漂亮，是否有趣，对他们来说，真正重要的是保暖，是能生存下去。

在飞机上，贝克和戴安就被西伯利亚冰原的荒野之美震慑了，萨林斯克的主街道和那种美简直形成了鲜明的对比。飞机慢慢倾斜，在距离萨林斯克 50 公里之外的托木斯克（西西伯利亚东南部城市）柏加谢沃机场着陆，当时贝克就开始享受针叶林的视觉大餐了——眼前像是杉树的海洋，一望无际，绵延起伏，深色的云杉和松树与污浊的灰白色地面形成了强烈的色差。这种美景不拍就可惜了。然而，美则美矣，却寒冷难耐，环境恶劣得让人发指。

在接下来的行程中，贝克和戴安还会反复欣赏到自然的荒野之美。他们得到了詹姆斯的赞助，去西伯利亚探险，但第一站得去萨林斯克，等待机构内部旅行证的签发。

好在当地“绿色力量”办公室的负责人格里戈里·马卡连科是阿尔伯伯的老朋友。他邀请贝克和戴安到家里吃饭，现在兄妹俩就是在赴约的路上。

离大楼越近，警笛声越大。兴许是街道的设计太奇怪，他们根本没办法辨认声音到底是从哪个方向传来的。大楼四周都有回声，声源像是在空中，不像在某一个固定的地方。

一辆车毫无征兆地从一条小巷里蹿了出来，嗖的一声从他们身旁冲了过去。这是一辆拉达大轿车，颜色当然是灰色。车顶的横条形警灯闪烁着蓝色和红色的光，拐弯时车速太快，显然超出了这辆警车正常的承受范围，轮胎摩擦地面，发出了吱吱的抗议声。贝克和戴安本能地往后退了退，停下来默默观察动静。如果弄不清这辆车的确切去向，他们是不会走的。

警车也没走多远。车轮有些打滑，最后停在了“绿色力量”大楼的外面。

“不错，有好戏看了……”

戴安下意识地去摸相机。相机小巧精致，就在腰带上的一个小袋子里装着。

“呃……”戴安戴着手套，在厚外套和层层叠叠的衣服下摸索着相机。

贝克一直在观察。警车前排下来一个人，后排下来两个，司机没动。他们全都穿着一样的制服——帅气的深蓝色皮外套和毛皮内里的帽子，腰间全都别着统一型号的枪，看上去很扎眼。

“你觉得他们是来抓‘绿色力量’的人吗？”戴安问贝克的时候，手还在笨拙地拉拉链，找相机。

“绿色力量”是民间组织，其目的是保护环境，保护地球，保护生活在地球上的人。这就意味着一些公司或超级大富豪可能成为该组织强大的敌人。

“绿色力量”一直尽全力遵纪守法，这一点比它的敌人做得好。因此，在很多言论自由的国家，警察通常不会找他们麻烦。

只是“通常”，并非总是如此。

“如果他们打算搜查整个办公楼，那派来的就不只是三名警察了，这一点我确定。”贝克说，“当然，也有可能是大楼里的某个员工惹了麻烦……”

“那也值得派三名警察？”戴安说。

贝克耸耸肩：“谁知道他们干了什么！”

兄妹俩密切关注着警察。下车的警察并没有走进办公楼，而是慢慢踱到了路边停靠的一辆车旁。

他们还没出手，车窗就已经摇了下来，车里的人戴着一副圆眼镜，紧张地抬起头，看着车外的警察。

戴安总算摸到了相机。她把屏幕滑开，举到面前。贝克赶忙用手挡住相机，轻轻把相机推了回去。

“等一下，警察可不喜欢被拍。”他向戴安解释说，“还是尊重一下车主吧。”

戴安耸耸肩。也许贝克说得对，她又不清楚车里那家伙做了什么。如果不是特别坏的事，她就不应该在视频网站上曝光他，让他被大家指责。

可她还是觉得不对劲，但又说不出到底哪里不对劲。也许是领头警察那副吊儿郎当的德行？瞧，他直接把胳膊肘搭在了车顶上。

也许是他咧嘴笑的脸？那么夸张，就像鲨鱼一样。车里的那个人看上去吓坏了，可领头的警察似乎很享受这种感觉。

尽管害怕，司机还是稍稍抬高了嗓门。看到领头的警察跷起拇指，不经意地指了指旁边的限速标牌，司机更激动了。

“他们是说他超速了吗？”戴安惊呼，“太荒唐了。他一直在车里，车子都没动！”

场面失控了。其中一名警察一把拽开了车门，直接把司机拖到了车外。他们先是推搡，接着扒掉了司机的外套。司机身上只剩很单薄的衣服了，他立刻抖了起来。

又是一阵吵嚷，大喊。现在领头的警察笑得更夸张了，而司机呢，紧紧抱着膀子，最后只能木讷地点头。只见拿着外套的那名警察开始往衣服里面摸索。他掏出钱夹，顺理成章地抽出了里面的钞票。

戴安惊呆了。

“这是不折不扣的知法犯法！那三个家伙在敲诈勒索！他们这是明抢啊！”

戴安再次举起了相机。

“光天化日，毫不避嫌。我们得拍下来。”

这一次，贝克没阻止她。

“对，拍下来。不过……”贝克环顾四周，“这儿不行。”

他们往后退了几步，躲进了一条小巷子。戴安将相机伸到拐角外，以免砖墙挡住镜头。

贝克在戴安身后，没办法直接观察外面的动静，只能盯着相机的屏幕看。

警察举着司机的外套，晃来晃去，就是不让司机够到，活像一只耍老鼠的猫。司机不停发抖，拼命想要抓住外套，可很明显，警察并不想这么快结束游戏。

戴安心里顿时充满了寒意和怒气。把她抚养长大的那个人就喜欢倚势凌人，她从小就憎恨地头蛇。瞧，眼前居然有三个，还都是警察，和她的养父比，简直有过之而无不及。他们本应维护法律和城市的秩序，实际上却知法犯法，这让老百姓怎么活？

最后，司机总算够到了自己的外套。他匆匆躲回车里，发动汽车，一溜烟逃掉了，速度极快，车轮和地面磨得吱吱响。警察玩够了，也抢到了钱。他们转过身，准备离开，可其中一人突然愣住了，直勾勾盯着街对面，嘴咧得比之前更大了。

他厉声喊着两个同伙。那两人也停住了脚步，顺着他示意的方向看过来。

贝克把目光从相机屏幕上挪开，向左看了看，顿时，他心里咯噔一下。路对面的大楼装着大大的平板玻璃窗，像一面巨大的镜子。在这个角度他可以看到自己，还可以看到举着相机的戴安。

他发现那三名警察正满眼怒火地盯着他，大步朝这边走来。

第二章

陷入僵局

“贝克……”

看到三名警察越走越近，戴安感觉很害怕。以前她天不怕地不怕，敢和养父的手下对着干，只是当时她并没意识到那么做需要很大的勇气。现在情况完全不同，现在法律不在她这一边，而在另一边。

“没事。”贝克很平静，从戴安身后走了出来，直面三名警察。他小声嘀咕道：“别跑，别藏相机，别找借口。站在这儿，放下双手。如果他们夺相机，就给他们。”

“好。”戴安勉强笑了笑，假装勇敢，其实她一点也笑不出来。她听了贝克的话，往前挪了挪。“视频会自动传到云端……”

“好，这个别跟他们说。”

“只要连上无线网……”

“呃……好吧。”

三个人走到贝克兄妹跟前的时候虎着脸。最前面的那个人冲他们俩大吼，用俄语发飙，很明显，他在逼他们回答问题。但很快他就发现，这两个孩子根本不知道他在说什么，于是他把戴安手里的相机夺了去。另外两名同伙跑到贝克和戴安的身后，狠狠抓住了他们的肩膀。

异国他乡，举目无亲，语言不通，兄妹俩被迫把双手举在脑后，被那几个人押着向停在对面的警车走去。

他们还没来得及思考，身体就被死死抵在了车身上，双手高举在车顶，双脚被踢得无法靠拢。接着，他们感觉到几只手在他们身上搜寻，动作粗暴且利索。

戴安拼命回忆贝克教给她的野外应对危险动物的技巧。现在情况大同小异，动物不一样，应对方法也要随之变化。有些动物需要直接迎战，你要让自己看上去更强大，听上去更危险。最好让对方尽快做出判断——不值得和你费功夫。

而另一些动物，你只能对它唯命是从。比如一只灰熊，如果它想嗅嗅你背包里是什么，你只能听之任之。假如当时背包就在肩上，要做到这一点可不容易，但那也比被灰熊刀子一样的利爪直接开膛破肚好得多。

戴安迅速做出判断——三名腐败的警察等同于灰熊。领头的警察正在摆弄相机。戴安闭上眼睛，咬紧牙关，尽力放慢呼吸，让自己平静下来。她听到那家伙打开了相机，她时刻准备着耳边传来相机被扔掉，被警靴后跟踩碎的声音。

可这种声音并没有出现。押着贝克的那名警察在他里面的衣兜里找到了护照，他强行把贝克转过来，开始比对真人和护照上的照片。

接着，戴安也被转了过来，也开始被比对。她知道，这几名警察的大脑在飞速运转，接着，他们小声嘀咕起来。戴安听懂了其中两个词："英国"和"美国"。警察已经搞清楚，她和贝克是外国人。

这到底是有利还是不利？如果警察问他们，为什么一个英国男孩和一个美国女孩跑到了西伯利亚的城市，还没人陪同，他们该怎么回答？当然，他们不知道，这两个孩子还是双胞胎兄妹，那就更是说来话长了。

其实真要解释，也不困难。如果戴安有机会回答，如果警察也说英语，她会告诉他们，她和贝克在这里探险，赞助方是他们的朋友詹姆斯，比他们大一岁，但他是个大富豪。为什么两人国籍不同？因为他们出生时就被分开了……好吧，看来想解释清楚并不简单。

可戴安还是准备试试，总好过在冰冷的牢房里熬过漫长的一夜，到时候警察会把他们的背景查个底朝天，也会弄清楚让谁来领走他们能敲诈到最多的钱。

就在这时，他们耳边传来了愤怒的吼声，局面彻底改变。

大家全都扭头看去，只见一个人沿着人行道气鼓鼓地朝他们走来。那人裹着厚厚的外套，戴着圆形的皮帽子，可贝克还是一眼就认出了他。眼前这张熟悉的脸让他彻底松了一口气。

詹姆斯赞助兄妹俩探险时，想办法雇了一些本地人，因为他们对自己的地盘更熟悉。彼得·亚历山德罗夫教授就是其中之一。

亚历山德罗夫冲警察一顿吼，贝克和戴安在一旁听着。对于地痞恶霸来说，有人突然站出来当众抵抗，他们会慌神。现在三名警察就是这种感觉。戴安和贝克一句话都没说，但他们很清楚这是怎么一回事。亚历山德罗夫勒令这几名警察立刻收手。不知怎么回事，警察还真听话了，但他们也没完全退出。

双方陷入了僵局。

又是一声吼，僵局再次被打破。这个声音依然是贝克熟悉的。贝克眼睁睁看着声音的主人大步流星走出“绿色力量”办公楼，直奔他们而来。

在此之前，兄妹俩没有和这个人见过面，但他们见过照片，也通过电话。这个人就是格里戈里·马卡连科——本地“绿色力量”的负责人，也是他们要找的人。

贝克的心沉了下去。这是帮忙还是添乱啊？

五个俄罗斯人当着贝克和戴安的面争论起来。三名警察对阵亚历山德罗夫和马卡连科。

警察的声音越来越弱，很明显，他们败下阵来。不过，另外两个人是怎么占上风的贝克并不明白。即便如此，贝克也依然小心翼翼，一直面无表情，做出无辜状，他可不想让三名警察有改变主意的理由。让输的一方体面些，不要有被羞辱感，总不是坏事。

最后，带头的警察使劲儿抠出了戴安相机里的储存卡，有意掰成了两半。戴安一声不吭，但贝克听到了妹妹憋在心里的抗议。接着，那个人把相机还给戴安，然后便和另外两名同伙一起回到车上，一溜烟撤了。

剩下的四个人面面相觑。

“呃，多谢。”贝克最先开了口。

亚历山德罗夫依然阴着脸。

“你们在偷拍？真是没脑子。”

“愚蠢至极，”马卡连科接着话茬说，“拍就拍吧，还被抓了。”

这两人瞪眼看着对方。贝克决定做一下介绍。

“亚历山德罗夫教授，这位是……”

“我们认识，”亚历山德罗夫直截了当，“你们两个怎么在这儿？”

“我邀请他们到家里吃晚饭，”马卡连科简单回答说，“他们是来找我的。”

戴安和贝克点头确认。亚历山德罗夫一脸惊讶。

“格里戈里·马卡连科，你应该照顾好自己的客人才对。”

马卡连科微微笑了。

“是咱们的客人，彼得·亚历山德罗夫。”

“好啦。”戴安一脸严肃，不容分说打断了两人之间剑拔弩张的对话，“感谢二位。请问……你们到底是怎么赶走那三个家伙的？”

两人再一次对起眼来。

“我是律师，”马卡连科说，“彼得·亚历山德罗夫是科学家。”

亚历山德罗夫点了点头。

“这都是历史遗留问题。”和很多俄罗斯人一样，亚历山德罗夫发平舌音总有困难，可能是俄语中这个音不多的缘故，“像律师、医生这类身份到现在还很有权威性，地痞恶霸听了会发怵。我觉得其实他们内心深处也喜欢向别人屈服。嗯……”最后他还不忘瞪马卡连科一眼，“照顾好你的客人，离麻烦远一点。祝你们用餐愉快。”

亚历山德罗夫扬长而去。

贝克忍不住发抖。

戴安也是，全身抖个不停，根本控制不住。贝克知道原因所在。刚才差点被警察抓走，身体的肾上腺素因此激增。这是人面对危险的本能反应，肾上腺素激增，整个人就会打起精神，做出“战”或“逃”的选择。但是，肾上腺素会使体温升高，皮肤出汗，毛细血管收缩，血液因此集中在身体的核心部位。这些反应都意味着紧张局面过后身体会骤然发冷，何况他们还在低于零摄氏度的户外站着。

马卡连科发现了这一点。

“快过来。”他命令道。他将遥控钥匙对准停车区的一辆车按了一下，只见一辆破旧的城市越野车的车灯闪了闪。

贝克和戴安根本不用再听一遍命令，就急匆匆挤进了汽车后座。马卡连科坐上了驾驶位，他发动引擎，打开暖气。一转眼汽车就驶入了萨林斯克的郊区，一路朝前方的针叶林开去。戴安开始在衣兜里摸索新的存储卡。

“拍的视频上传了吗？”贝克小声问戴安。

“我得登录视频账户才知道。”

马卡连科转过头，歪着脸，嘿嘿笑了。

“我本来想说一句‘欢迎来萨林斯克’的，可是这座城市已经用它独特的方式表示欢迎了。不过，咱们现在倒是可以放松了。”

戴安不再看相机，抬起头来，问道：“像刚才那种人有很多吗？”

马卡连科从后视镜里看向她，然后耸了耸肩。

“腐败就像面包上的霉斑。如果你把发霉的面包切成片，有些部分完好无损，有些只是轻微发霉，而有些则会越来越糟，直到坏透。有腐败存在，就意味着即便是没有腐败的地方也不能百分之百信任。”

“可腐败总有个源头啊，”贝克说，“从哪儿开始的？”

“黑手党。”

戴安和贝克面面相觑。

“詹姆斯说过，”戴安并不惊讶，“他们想找他索贿。”

贝克点点头。他记得这回事，黑手党就是俄罗斯的黑帮组织，是该国最大、组织性最强的犯罪团伙。贝克很骄傲，他的朋友詹姆斯没有向他们屈服，他抵制了黑手党有组织的犯罪行为。有那么一段时间，詹姆斯根本不愿意再回忆这件事。

“詹姆斯是谁？”马卡连科一边问，一边从镜子里瞟他们俩。

“詹姆斯·布雷克，我们这次探险活动的赞助商。”贝克回答说。

马卡连科点了点头。

“难怪，你们这位‘布雷克先生’如果很有钱，黑手党肯定想染指。”

很明显，他以为詹姆斯是成年人。要解释整个故事经过，可不是一两句能说清的，因此贝克认为任由他这么想吧。

“不过呢——”马卡连科坚定地说，“这是俄罗斯的事。你们是我的客人，这些无聊的事咱就不说了。”

对于戴安和贝克而言，他们一点也不觉得无聊。但他们很清楚，现在没必要打破砂锅问到底，这个话题马卡连科显然还会再次提起。

第三章

修道院的秘密

在接下来二十分钟的行程中，贝克和戴安目睹了大自然在西伯利亚一带鬼斧神工的创作。道路笔直，就像一条线，在无边无际的针叶林中若隐若现。这里没有水泥建筑物，只有一眼望不到边的树的海洋。

目的地到了，眼前就是马卡连科的家。这个家和周围的树林十分协调，和萨林斯克的水泥世界倒显得格格不入了。马卡连科的家是一座木头建造的别墅，屋顶尖尖的，山墙雕刻着图案。窗子里透出了灯光，整体看上去温暖而好客。

贝克和戴安刚下车，就看到一辆校车在路对面停了下来。几个孩子簇拥着下了车，他们全都裹着厚厚的冬衣，根本无法分辨男女。其中一个孩子跑到马卡连科身旁，一下子抱住了他。

"贝克，戴安，"马卡连科稍后说，"这是我的女儿，妮卡。"

他们踏进家门的那一刻，一股暖暖的空气和美味的饭香扑面而来。马卡连科的妻子卢德米拉走出来跟大家打招呼。贝克立刻注意到，女主人系着围裙，围裙下是干练的职业套装。他们离市区很远，但她显然不是一位全职太太。

妮卡摘掉帽子，脱掉外套，贝克和戴安兄妹俩这才发现，他们三人年龄相仿。妮卡的英语非常好，没多久就和戴安有说有笑，混熟了。戴安最擅长让人开口说话——对于一个想靠拍摄纪录片为生的人来说，这个本事很有用。

晚饭还没准备好，卢德米拉先端上几杯热气腾腾的茶。妮卡、戴安和贝克围着厚实的木餐桌，挨着坐在一起。

"妮卡，你学哪一门课程？"戴安一边问，一边注意她从校车上抱下来的那摞书。

妮卡又一次腼腆地笑了。

"我现在什么课程都要学，不过，明年就能专修一门了。我想当律师，就像爸爸那样。"

贝克往厨房那边瞟了瞟。马卡连科夫妇并排站着，两人手拉着手，头挨在一起，小声说着什么。他听不清具体内容，也判断不出语调，但从肢体语言来看，夫妻俩很恩爱，而且讨论的话题很严肃。

突然，他们转过脸，开始往餐桌上端饭。卢德米拉准备的是罗宋汤——热气腾腾，口感醇厚，透着奶香，主料是甜菜根，里面有肉丁和蔬菜丁，还有胡椒等可口的调味料。在英国，贝克对甜菜从不感兴趣，可现在情况完全不同了，俄罗斯人更清楚怎么烹饪甜菜。仅仅几口，贝克就觉得一天消耗的能量都补回来了。

大家有说有笑，餐桌气氛快乐而友好。

“对了，我还不知道你们俩为什么来萨林斯克呢？”卢德米拉问贝克和戴安。戴安嘴里正含着一大口罗宋汤，于是赶忙向贝克点头，示意他来解释。

“我们是来探险的，追随 19 世纪一位英国人的旅行路线，他叫约西亚·莱克斯沃斯，”贝克说，“我们知道，他从北京沿陆路回到了英国，中途发现了一种名叫锐西姆的稀有金属。这种金属是一种常温超导体，也就是说，使用得当的话，以后发电就会容易得多，而且会大大减少污染。靠燃烧石油和煤发电的发电站将彻底成为历史。一路上，约西亚无论到哪里，大都只停留一两天，因此，他没有充足的时间寻找稀有金属。最后我们断定，这种稀有金属一定是他长时间逗留某地时发现的。我们知道，他在圣马卡里乌的修道院待了几个月，也就是……”

“离这里大约有 70 公里，”马卡连科接着话茬说，“我知道那儿。后来政府把修道院关了，修道士也都逃到了国外。现在那里是军事禁区，有内部许可证才能进去。”

“所以我们才一直在萨林斯克晃悠，”贝克做了个鬼脸，“他们老是不给我们许可证，一拖再拖。”

马卡连科和卢德米拉都笑了。

“肯定会拖延，”卢德米拉说，“除非你加钱。”

贝克叹了一口气：“我们探险队的头儿，也就是斯韦教授，他不同意出高价。”

贝克和斯韦处不来，但他很欣赏这个人的原则性。

“他挺厉害，”卢德米拉说，“反正当局也不会一直拖下去。不过，你们来找矿物，选择这个时间段有些奇怪。为什么不在夏天来？那个时候土壤更松软啊。”

“夏天军队要进驻修道院，只有冬天我们才可能进去。当然，前提是拿到许可证……”

马卡连科喝完最后一勺罗宋汤，然后把碗推到一边，赶忙换话题。“好啦，不说这个了。妮卡，说说你今天在学校过得怎么样。”

吃完晚饭，两位成年人去了厨房。贝克和戴安主动帮忙洗碗，可卢德米拉一再推辞，让他们陪妮卡聊天。

“你老爸老妈可真好。”戴安说。

妮卡嘿嘿笑着点了点头。可刚确定爸妈听不到他们说话，妮卡的笑容就收了回去。她往前凑了凑，小声问道：“发生什么事了吗？老爸刚才匆匆岔开话题，为什么啊？”

贝克瞟了一眼戴安。妮卡可能有点腼腆，但她一点也不傻，她看得出爸爸在刻意隐瞒。

如果马卡连科决定不让女儿知道这件事，他们能说吗？

贝克也拿不准，但有一点他很确定——在这里，他和戴安需要尽可能多的帮助。他希望马卡连科和他们是一个战壕的战友。

“今天他把我们从坏警察的手里救了出来。”戴安说。

妮卡眉头紧锁。“就这些吗？他们还把我当小孩子。他们觉得不告诉我这些事情是对我好，可我知道，我们身边有坏人，我还知道，他们俩在联手对抗黑手党。我们大家因此陷入了危险，但这样的危险是值得的。”

戴安凑到妮卡跟前问：“他们俩联手？怎么联手的？”贝克猜测，戴安在为视频博客找素材。

“我妈妈将参加萨林斯克下一任市长的竞选，她立誓要和腐败斗争到底。我爸爸已经收集了很多有用资料。这些资料他不会给官方看，等时机成熟，他会把资料寄给莫斯科他认识的人。那些人再把资料通过电视和报纸公布出来，到时候一切就会曝光于天下，官方就必须支持我妈妈了。”

这时，爸爸妈妈走出厨房，回到了餐厅，妮卡立刻不说了。爸爸脸上的顾虑已经消失，他趴在妮卡耳边小声说了句什么，妮卡听后立刻乐开了花。贝克和戴安一脸惊讶，只见妮卡匆匆跑了出去，回来的时候，她怀里抱着两把像是吉他的乐器。原来是俄式三弦琴，琴身呈三角形，每一把琴只有三根弦。她递给爸爸一把，自己抱着另一把。父女俩并肩坐好，拨了拨琴弦，调试琴音，然后便开始演奏了。

屋子里立刻响起了悠扬美妙的乐曲。旋律高低起伏，就连贝克这个音乐盲也听得出，曲子极富俄罗斯风情，表现的是寒冷的风吹过针叶林，是温暖的食物，是跳动的火焰，是悲伤，也是希望。

父女俩配合得天衣无缝。演奏完毕，戴安和贝克立刻鼓掌欢呼，父女俩微笑致意。那一瞬，马卡连科看上去甚至有些害羞。

“好啦，”他一边说，一边看手表，“今天就这样吧。明天咱们还得早起。戴安，贝克，我送你们回宾馆。”

贝克和戴安慢吞吞地站起身。这个地方，这里的人，都让他们依依不舍。这是一个完美的家，气氛融洽，爱意融融。对于贝克和戴安这对孤儿来说，家的感觉真让他们难以割舍。

就在这时，灯毫无征兆地灭了。

接下来的一刹那，屋子里一点动静也没有。然后贝克听到有人在说俄语——估计是马卡连科一家在议论出了什么事。出于本能，贝克使劲眨眼，想把视网膜上的残留影像清除掉。

突然间，耳边传来砰的一声响，听上去非常粗暴，屋子里立刻进来一股冰冷的空气。手电筒的光刺破了黑暗，最后照在了贝克的眼睛上。

喊叫声传来。贝克感觉到肩膀被一只大手抓住了。有人往他腿弯处用力一踢，他立刻跪倒在地。贝克想看清楚到底发生了什么，可手电筒的光柱之外，只有一片漆黑，他的眼睛还没适应光线的变化，根本无法看清楚，何况他又很累。一共三个人还是四个人？光柱中闪烁的金属是枪吗？

“他们说，举起手来。”妮卡大喊道。

贝克立刻懂了，这种话无须再听一遍。

有人用一件很重的家具挡住了门，冷风不再往屋里灌。房间的灯亮了，贝克立刻眯起了眼。等他再次睁开眼的时候，周围的一切都清楚了。

他认识的人全跪在地上，围成一圈，手举在脑后。

四个他不认识的人都戴着滑雪面罩。

他们身上都有枪。

第四章

顶在脑袋上的枪

持枪的人在一圈跪着的人身后慢慢走动。贝克的手还在头顶举着，眼睛紧盯着地毯，一双穿着靴子的脚从他视野中踱了过去。

对于贝克来说，脑袋不是第一次被枪口顶着了。其实，这一点他比同龄的孩子有经验得多。规则很简单，就算你心跳加速，口干舌燥，想要反抗，也必须完全服从。千万别学电影中看到的英雄，现实是连顶嘴都不行。你要让自己看着很弱小，很安静，毫无威胁。子弹可不长眼，只要被击中，一切就都结束了。

贝克决定冒一下险，他依然低着头，但眼睛稍稍往上瞟了瞟。妮卡也盯着地毯，但戴安却一脸期待地看着屋子一角。贝克猜测，她在惦记塞在外套衣兜里的相机。他知道，她想把这些拍下来。

贝克收回目光，再次盯向地板。如果这真的是你死我活的决战，如果那些家伙就是来杀人的，那他们早都死了。他们现在都还活着，这就说明那些人想要的不是人命。既然不是人命，那是什么呢?

刚才那双靴子在他面前停了下来。一只粗糙的手一把抓住了贝克的下巴，使劲儿一抬，贝克的脖子一阵疼痛，头瞬间后仰。贝克很想反抗，但最后还是听之任之了。他发现，一双充满敌意的眼睛正从滑雪面罩后盯着他呢。这个人满口俄语，冲他大吼，贝克只好用仅会的一句俄语回答。

“我不会说俄语。”

那人转过身。

“马卡连科？”他尖叫起来。

马卡连科的声音平静温和。贝克好像听到了，他知道，马卡连科说的那个词的意思是“英国朋友”。

又是一通吼叫。一问一答，一问一答。马卡连科每次回答问题时，都是同样平缓的语调，平静的语气。贝克心想，应该是律师这个职业教会了他隐藏情绪。

贝克听到了重重的脚步声，紧接着，身旁的妮卡疼得“哎哟”叫起来。他抬头瞟了一眼，另一个暴徒拽住了她的头发，使劲将她的头往后拉。贝克看到，妮卡被扯得膝盖都离开了地面。

卢德米拉见状歇斯底里地叫喊起来。一个巴掌打到她的脸上，她立刻住嘴了。贝克再次瞟过去，看见妮卡的太阳穴上抵着一把枪。

接着是更多的一问一答，不过这次带头的持枪歹徒没有吼叫。他的声音很低，但依然充满了恐吓的意味。

马卡连科的回答依然不急不忙，但声音小了些。贝克听得出，马卡连科在努力保持平静。

整个屋子陷入了沉寂，没人说话，没人动弹。贝克绷紧心弦，时刻准备着那声即将结束妮卡生命的枪响。

然而，他们放开了她。她歪倒在地。

他们命令一个人看着大家，其他三人在屋里一通打砸。贝克只能根据乒乒乓乓的声音判断他们的行动。他们是在找东西？还是仅仅为了吓唬大家？他真希望刚才他能听懂他们的对话。

最后，所有人都回到了客厅。如果他们是在找东西，很明显一无所获。其中一人用枪指着马卡连科，向他大吼，发号施令。

马卡连科慢慢起身。跪了半个小时之久，双腿有些僵硬，他禁不住晃了晃。卢德米拉大喊着表示抗议，结果又挨了一下，这次对方用的是枪把手。她只得闭嘴。

贝克听到马卡连科被推到了门口，接着便出了门。门外响起了一阵汽车开门关门的声音，然后是引擎的轰鸣声，骚动声渐渐远去，一切又回归了安静。

屋里的人慢慢反应过来，他们先将举起的手放下，然后起身。妮卡一下扑到了卢德米拉的怀里，母女俩紧紧相拥，好一会儿才松开。贝克和戴安不知道该说什么才好。

电话铃突然响起，在场的人一个激灵，都像被电击了一样。

卢德米拉前去接电话，她面如死灰，除了几声“嗯”之外，几乎没再说什么。

她挂断电话，没有看大家，眼睛一眨不眨地盯着墙。

过了好久，她才开口，声音听上去虚弱又疲惫。

“不出所料，我得放弃竞选，将格里戈里收集的资料交给黑手党，而且不能告诉任何人今天发生的一切。我要在四十八小时之内完成任务，不然，他们就会杀了他。”

第五章

索科洛夫的别墅

“瞧，我们在这儿。”戴安对着相机说。她将镜头对着屋子里面拍了一圈。贝克坐在对面的床上，脸埋在手心里。他抬起头，朝镜头胡乱挥挥手，兄妹俩都知道，他有些心不在焉。

可戴安的表现很自然，她对着相机说话，就像在和一位挚友聊天。“我们在朋友家里，就是这儿——嗯，不到一小时之前，男主人被几名戴着面罩的持枪男子绑架了。尽管这样，女主人还是坚持认为我们应该留下来过夜。她说，天黑了，待在这儿比出去安全……”

她对着镜头耸耸肩，很生动，很富表现力。

戴安和贝克本来想着就近找一辆出租车，直接回宾馆。这样至少能让卢德米拉省些心。可卢德米拉不听，她坚持让兄妹俩留下来过夜，明早再开车送他们回去。他们只好待在客房，消磨时间。他们给艾玛发了信息，告诉她他们要在外面过夜，艾玛全名艾玛·罗伯森，是他们的朋友，住在宾馆，二十出头，探险队里除了贝克和戴安，就数她最年轻了。

戴安按了暂停键，看着贝克。刚才录制视频时刻意表现的乐观轻松荡然无存。

“贝克，咱们怎么办？”

“在这儿过夜呗，”贝克小声回答，“明早回宾馆。”他叹了一口气，“但愿一切平安。也许……我应该给阿尔伯伯打个电话……但我也不知道要不要打。”

手机就在他手里。阿尔伯伯和他们相差几个时区，不过，只要一个电话，他们就能联系上。也许阿尔伯伯可以想出办法。可贝克最终还是没打，因为他记得那些人对卢德米拉说，这件事要绝对保密。如果绑架者知道有人走漏了风声……

妮卡轻轻敲门，然后将脑袋伸了进来。她脸色苍白，大大的眼睛里噙着泪水。

“我可以进来吗？”

戴安和贝克赶忙起身，招呼她进来。妮卡在窗边一张椅子上坐了下来，双手撑在膝盖上，身体微微前倾。很明显，她有话要说。

“你们……可以帮我吗？”她声音不大。

兄妹俩眨眨眼。

“他们不让我妈妈告诉任何人，我知道，她一定不会说出去。但我自己会报警，如果……”妮卡双眼圆瞪，“如果我觉得报警有用，哪怕只有一点用。”

戴安皱起了眉头。

“你确定她不会向警方求助？我是说，被绑架的毕竟是她的丈夫……”

“刚才有个家伙拿枪抵着我的脑袋，你记得吧？”妮卡打断了戴安的话。

“当然。”戴安依然眉头紧锁。

“当时爸爸说，如果他们把我杀了，他就生无可恋了，他会跟他们拼到底，会把他们彻底摧毁。”

贝克和戴安面面相觑。他们知道，持枪者相信了马卡连科说的话。不过，他说话的方式更耐人寻味——那么淡定，那么从容，因此，那句威胁听上去更让人不寒而栗。

“别忘了，这儿是俄罗斯。”妮卡直言不讳，“我们的民族习惯做出牺牲，只要能毁掉敌人，不惜一切。你们知道20世纪40年代我们是如何打败德国入侵者的吗？我们只是撤退，不断撤退，一步步诱敌深入。我们牺牲了成千上万的人民——但这不要紧，因为我们还有更多的人民，而德国入侵者没有那么多。这就是‘俄罗斯方式’。所以我知道，妈妈不会让任何人卷进来。最后她很可能不会交出资料。”

戴安和贝克听出了妮卡声音中的茫然和空洞。他们相信，她说的都是真的。

“她可以将文件直接删除，”戴安说，“这样谁也拿不到。”

妮卡摇摇头：“不，文件不是电子的。爸爸妈妈不希望文件受到黑客攻击。这些是老式的书面材料、照片和录音。文件在一个很安全的地方，只有爸爸妈妈知道。”

“那么，”贝克很谨慎地问，“你希望我们怎么做？”

“告诉‘绿色力量’，”妮卡直截了当，“我知道，你伯父是这个组织里很厉害的人。请你告诉他，也许他能帮上忙。”

她突然抬高了嗓门，眼泪在眼眶里打转，说话声随之变大。

“爸爸一直说，‘绿色力量’不受政府管辖，可以直接行动。如果你们告诉‘绿色力量’，或许他们可以直接采取行动，对不对？我们这儿的人都知道黑手党的头儿是谁。我可以告诉你们，他们把我爸爸带到了哪里。如果咱们可以把这一切告诉组织里的人，他们一定会帮忙……”

妮卡说完，眼泪就像断了线的珠子一样滚落下来，她看看贝克，又看看戴安。

“你们还不明白吗？这是唯一的办法了。”

戴安和贝克交换眼神。戴安点了点头，似乎在说“这个你来回答”。贝克清了清嗓子。

“好，我明白了，妮卡。‘绿色力量’的确可以直接采取行动。不过……妮卡……”他无助地笑了笑，“他们好像没有可以随时行动的武装力量。关键是……还要在四十八小时内完成任务……”

他的声音越来越小。妮卡垂下了头。戴安瞪了贝克一眼，不明白贝克在说什么。

“我知道了。”妮卡的声音里已经没有任何希望，她站起身，“对不起，我不应该……”

“喂，喂，喂！”戴安就在她旁边，轻轻将她拉回椅子上，“这样吧，你先把你知道的情况告诉我们，说不定我们能想到别的办法呢！”

妮卡抽噎着说：“把爸爸带走的人是加夫里尔·索科洛夫。我们这儿的犯罪事件里面都有他。”

“这么说还真是个恶棍。”戴安附和道。

“他住在一座乡间别墅里，是私人住宅，不经允许，谁也进不去。他的别墅就像一座小堡垒。我爸爸一定被带到了那里。”

此时，贝克的电话突然响了起来。戴安看了看他。

“是艾玛的短信。”他说，“艾玛说：‘猜不到吧，朋友们，咱们的旅行许可证获批了？四十八小时后就可以去修道院。’”

三人都愣住了。

“哎呀，”戴安说，“好像是存心的，他们觉得咱们这些外国人碍事，想把咱们支走。”

“是的。”贝克跟着说，很明显他的注意力不在旅行许可证上。他静静坐了片刻，在心里默默盘算。当地时间比英国早七小时。很好，这样不会吵醒任何人。也就是说，他们可以最大限度地利用所剩无几的时间。

“妮卡，”他坚定地说，“关于索科洛夫的别墅，你知道的统统说出来。我来打电话。”

电话另一端除了沉默还是沉默。听筒里一阵吱吱声，贝克不知道电话是否中断了。他瞟了一眼手机屏幕，发现依然在通话中。詹姆斯正在思考。

“这么说……你可以做到？”贝克问。

贝克在另一间屋里打电话。他不知道此时詹姆斯在哪儿，那边比俄罗斯晚七小时。也许他正躺在床上，将笔记本电脑架在肚子上，像普通的学生一样，做家庭作业，打打游戏；也许他正在打理商业帝国的事情，无论做什么，他会选择一种让自己舒服的方式。他从母亲那里继承了很多经商的兴趣，而且不打算重蹈覆辙，因此，从一开始，他就按照自己的方式行事。电话那端很长时间不作声，这就意味着答应了。

“嗯……”詹姆斯最后回答道，语速很慢，若有所思。贝克的心一沉，又听到一句：“但也不行。”

贝克咬了咬嘴唇。

“直升机的事，”詹姆斯继续说，“没问题。我来跟负责人联系，然后招一名信得过的飞行员……”

詹姆斯的声音越来越小。

“那另一件事呢？”贝克迫不及待地问。

“对，问题就是另一件事。我们营救戴安的时候，花了几个月的时间做计划。可你现在让我整合一支专家团队，还要在四十八小时之内完成任务，这不可能。”

詹姆斯停顿片刻。贝克听到他把电话换到另一只手里。他吐字清晰，故意放慢速度，希望贝克明白，他已经仔细思考过。

“所以，专家行不通。要业余的，只要能力强，基本没问题，而且人要在俄罗斯，在第一线。”

“在索科洛夫的眼皮底下，对吧？”贝克学着朋友的语速补充说。

“也许——嗯……我只是随口一说啊，也许……有过死里逃生的经历，万里挑一的最好。”

贝克闭上了眼睛。为什么和他的想法不谋而合？他尽了最大努力，他试着去找专家，可不知怎么回事，他隐隐猜到这个任务最后还是会落到自己头上。

“这样，”他说，“你只要派直升机过来就行。至于另一件事……只要让直升机到达碰头地点，我保证有人会在那里等。”

电话里又是一阵停顿。

“你确定？贝克，你打算自己干？”

“确定。不过，还有一些细节，得靠你帮忙了……”

第六章

火车的另一侧车门

“真准时。”戴安说。此时，出租车在宾馆大厅外面停了下来，妮卡下了车，用力提着两个大大的行李箱。戴安赶紧上前帮忙。那天一早，卢德米拉刚把他们俩送到宾馆，她就开始等妮卡了。她想和妮卡尽快提着箱子上楼，免得被别人问这问那。

两个女孩乘坐电梯到了三楼。戴安敲了敲门，贝克开门，把她们俩让进屋。其中一张床上摆了一张张的纸，上面是清晰度很高的彩色照片。贝克将照片拢到一起，腾出地方。妮卡盯着照片看。

“这些是……”

“索科洛夫的别墅。”贝克回答说。

“我们有个朋友，詹姆斯，他门道多得很。”戴安解释说。

“还有办法弄到卫星图片？”妮卡惊讶地问。贝克眨眨眼，砰的一声将箱子放到了床上。

“嗯，里面是什么啊？”贝克一边问，一边打开箱锁，掀开箱盖。

“我在老爸的工具房里找了一圈，”妮卡说，“也把哥哥的东西翻了一通。他去服兵役了，这些他用不到。”

第一个箱子的最上层是地图和指南针——太棒了。接着，贝克拽出一个帆布包，里面全是乒乓作响的小物件。贝克打开帆布包，抽出了一把锯子，然后往里瞅了瞅，脸上露出了微笑。

“很棒，这个不错。”

妮卡根本不知道哪些工具用得上，所以，她只能自己判断，然后从中选择。

“太……太好啦！这个也不错。”

贝克举起一件外套。他想要的东西几乎都有。很好，在俄罗斯的冬季越野穿的衣物，很实用，暖和，结实，还防水。

衣服的颜色是荧光蓝，在白色的冰雪背景中，荧光蓝会像闪光灯一样显眼。

“只是很容易被发现，”贝克补充说，“不过这一点我们可以处理。”

接着，他拎起了两个帆布背包。帆布包有些旧，是用过的，但现在的确用得着。他注意到，其中一个背包是完全防水、完全密封的。

还有……

“好极了！这个东西可以破冰。”

他说的是一把冰斧，差不多和他的前臂一样长。冰斧的木把手有磨损的痕迹，相当陈旧，但是两用的金属斧头依然很锋利。一端是尖的，像是带锯齿的金属钉，可以用来凿冰；另一端是扁平的，可以推开路上的积雪，辟出一条道路。冰斧的把手上有皮圈，这样使用者在攀登冰崖的时候，斧子就不会失手掉落下去。

除了这些，包里还有一副双筒望远镜，贝克拿起望远镜往窗外看了看。虽然望远镜外观有些旧，但视野相当好。他把望远镜放回皮套子里，继续查看妮卡带来的其他东西。

“谢谢你，妮卡。这些太有用了。”

如果詹姆斯的直升机可以将他们带到目的地，然后再将他们接走，那就好办多了。但营救工作需要的是出其不意，攻其不备，直升机目标太大，声音也太大。所以，直升机没办法送他们过去，只能去接他们。也就是说，他们得在冰天雪地中徒步前往索科洛夫的别墅，所以越野的衣服是必需的。

“我依然无法相信是你去救我爸爸，”妮卡说，“我还是不明白为什么是你。”

“因为我们在最前线。”贝克说。

戴安笑了。“因为我们就是奇迹。”她说。

妮卡眨眨眼：“什么意思？”

“如果你看到大路上一个人要饿死了，或是无家可归，然后你只祈祷他会得到帮助，而自己却无动于衷，那还有什么意义？如果你希望奇迹发生，何不自己创造？”

“再说了，我们见过太多坏人做了坏事，却还逍遥法外，就是因为没人敢和他们抗衡。”贝克补充道。

妮卡慢慢思考他们说的话。

“什么时候？什么样的坏人？”

贝克和戴安纷纷做鬼脸。

“这个嘛，等以后有时间了再跟你细说。”贝克回答道。三人聊天的时候，他已经把箱子里的东西都拿了出来。接着，他皱了皱眉。

“一共是……”

“三套行头。”戴安接着话茬说。

“对啊，”妮卡说，“因为我也要去。”

“不行。”贝克立刻摇头拒绝。他和戴安两个人前往就够困难的了，但他们两个有经验，知道怎么办。现在要带上一个新手？“绝对不行。”

“被绑架的是我爸爸。”妮卡不依不饶。

“那你还是我们的朋友呢！绝对不行。”

妮卡深吸一口气：“我听你们说了这么多。你们在最前线，你们是奇迹。可我也在最前线，我也希望他能被成功救出。再说了，你们不懂俄语，要是有人跟你们说话怎么办？”

贝克和戴安你看看我，我看看你，妮卡说得有道理。“也是，不过这个只可能发生在火车上，”贝克稍做退让，“你可以跟我们一起坐火车，后面的就别参与了。”

“你们觉得到时候能甩掉我吗？”

“不能，”戴安嘿嘿笑着说，“我觉得甩不掉。”

贝克停顿片刻，他看了看妮卡。以前很多次冒险经历中，他都要在千钧一发的时候营救新手。那些人勇敢且不乏智慧，他们自己往往都觉得不可思议。不过，每次他都清楚当时有多冒险。贝克担心，这次带着妮卡，弄不好会有大麻烦。

可他也明白，失去爸爸，或像他和戴安，失去双亲，是什么滋味。换位思考，如果他是妮卡，他不也想尽全力救爸爸吗？

“好吧，”他深吸一口气，“你可以和我们一起。既然你已经……”他看了看几套荧光色的衣服，跟两个女孩解释一番如何让衣服不那么显眼。

“这个交给我们就行了，”戴安说，“那你干吗？”

“我？”贝克朝门口走去，“储藏室里有一些电子装备，我得偷出来。”

贝克能够感觉到背后硬邦邦的电子设备。他两只脚交替着休息，身旁站着戴安和妮卡，三人看着眼前这列又旧又脏的火车晃晃悠悠停了下来，车轮和铁轨发出一阵摩擦声。

将设备弄到手并不难。探险需要的器具全都在宾馆接待处后面的储藏室里，贝克办理入住的时候就和宾馆接待员混熟了。他背着空包从他们眼前经过，回来时，背包明显鼓了一些，可接待员丝毫没有起疑心，连眼皮都没翻。

如果一切都能按计划进行，他会在神不知鬼不觉的情况下完璧归赵。

火车座椅是塑料质地，坐上去硬邦邦的，暖气也不怎么管用。这种火车是用来运货的，而不是专门运客的，舒适就别想了。不过，现在他们至少不用在风中受冻了。贝克解开外套，示意妮卡和戴安也照做。他最不希望的就是出汗，那样的话，等下车后，身上的潮气会立刻在皮肤上结冰，想一想都要命。

大家商量好了，在火车上保持沉默。火车上全是俄罗斯人，几个说英语的孩子太显眼。大家可能会议论，到时候消息就会不胫而走。

好在俄罗斯人似乎也不喜欢在火车上聊天。车厢里的乘客要么盯着窗外出神，要么闭目养神。

火车沿着轨道轰隆隆前行，窗外一连串的混凝土大楼和仓库向后移动。知道不久后火车到哪儿，贝克现在的心境也完全不同了。他明白，丑陋的城市建筑只是暂时的风景，不多时就能看到大片的针叶林。火车最后驶进了森林，贝克感觉到，他们离危险越来越近了。

他开始观察车上的乘客，借此打发时间。乘客几乎全是老年人，男女都有，有些是典型的欧洲长相，有些则让他想起了在中国戈壁滩遇到的牧民。特有的长相似乎在诠释，他们就是生活在欧洲和亚洲交界处。

车厢的门开了，乘务员走了进来。这位老妇人沿着过道步履笨重地往前走，可即便是老妇人，贝克也很紧张。在这里，他对一切身着制服的人都有戒心——你哪里猜得出他们是为谁卖力呢？如果这位老妇人跟他们说话，那怎么办？如果她想闲聊几句，问问他们旅途是否愉快，又该如何？他们一开口就会暴露外来者的身份。

乘务员走走停停，检查每一位乘客的车票，她离他们三人越来越近，贝克的心也越跳越快。

戴安也看到了乘务员。贝克发现，戴安咬紧了牙关，攥起了拳头。

只有妮卡一脸轻松。等乘务员来到他们身旁时，妮卡头都没抬，只把票递了过去。戴安和贝克也照做。乘务员看都没看他们就继续往前走了。

贝克恢复了正常的呼吸节奏。又是俄罗斯特色——乘务员不会友好地跟你聊天，大家只关心自己手头的事。他现在比任何时候都感激这种“不周到”的服务。

火车继续向前，在针叶林中穿行。半小时后，火车停在了一个小站。贝克瞟了一眼手表——分毫不差。这列车虽然很旧，开起来也晃得厉害，却相当准时。

从车窗向外看去，贝克发现，这个车站比萨林斯克车站小得多，只有一个简单的水泥站台，周围很空旷，旁边是停车场，里面稀稀拉拉停着一些车，停车场一侧是一间很小的办公室，周围几乎没什么人。真是太好了。

三个小伙伴你看看我，我看看你。

就是这儿了，他们马上要做一件很不一般的事。如果被人发现，一定会招来注意，那样的话，营救还没开始就得宣告结束了。

一些乘客下了车，没有新的乘客上来。一天当中的这个时候，人们一般都会进城，不会出城。

贝克他们仨一直待在座位上没动，直到他们听到火车门砰砰关上，妮卡才点头，示意大家行动。

“下车。”她说。三人齐刷刷站起来，走到车厢尽头，打开了另一侧的车门。这种老式火车没有自动锁门装置，如果在英国，自己打开火车门根本不可能。在这里，大家都默认没人会打开另一侧的车门。

火车离下方的石子路面挺远。他们轮流蹲下身，等柴油发动机再次轰轰响起来时，三人跳下了车。

只见贝克纵身一跃，直接跳到了铁轨下方的砾石地面上，落在妮卡和戴安旁边。贝克的靴子刚着地，车厢就缓缓动了起来。头顶上方的车厢在加速前行，空气中全是柴油机、润滑油和金属的气味。

火车就这样开走了，最后一节车厢也已经远去，他们再次暴露在户外。

选择这种方式，就不会有人说，看到三个孩子在该车站下了车，至少到目前不会。

他们坐在地上，相视而笑，都松了一口气。这个时候大家依旧没有说话。

慢慢地，贝克往站台上方瞄了瞄。

四周一个人影也没有。

不过，他听到了停车场那边有动静。车门开开关关，发动机发出轰响，这是正常下火车的乘客驾车离开的声音。

一直等到最后一辆车开走，发动机的声音消失在远方，且站台上空无一人，贝克才彻底放心。他背对着站台，朝两个女孩点头示意，三人立刻跑了起来。

目的地是对面的树林，要跑的距离并不远，大概相当于横穿一个足球场，可现在这种情况却相当冒险。贝克不喜欢像现在这样背对着站台。车站办公室的某扇窗子里很可能有双眼睛在盯着他们看，或者有人没赶上刚才那班车，这时突然驶进停车场也说不定。只要有人往站台这边瞧，就一定会被他们吸引——三人都穿着色彩鲜艳的外套，飞也似的往树林那边跑。

每往前一步，都更加暴露，但离安全也更近。身后没有声音冲他们喊。慢慢地，柴油机和润滑油的气味被松树的清香所代替，三个小伙伴终于成功躲进了杉树林。

此刻，他们周围全是杉树，回去的路已经消失不见了。

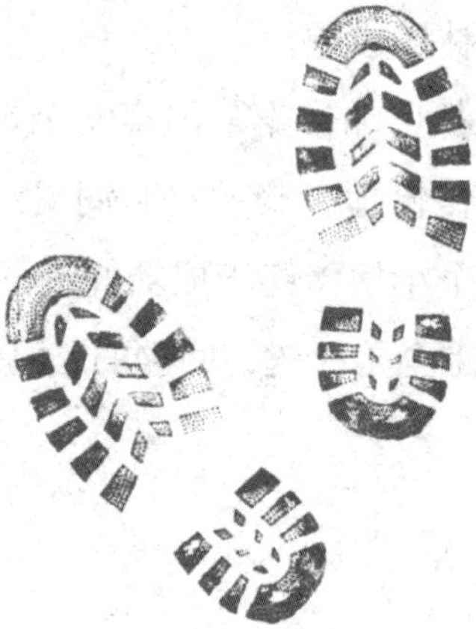

第七章

制定小目标

贝克一边用撕开的床单裹住肩膀，一边哈哈大笑。

“我真不敢相信，我居然在教一个俄罗斯人如何在寒冷中活下去。”

妮卡耸耸肩。她正在用别针将一块布裹在腿上。“我们知道怎么保暖，但通常的办法是多穿暖和的衣服，尽量待在室内。萨林斯克只有六十年的历史，我们算不上擅长在荒原中生存的民族。”

她研究了一下自己的杰作。

“你确定这么做有必要？”

“确定。”贝克斩钉截铁地说。

和“借用”宾馆的远足装备相比，从宾馆偷床单更让他觉得内疚。卫星电话、步话机以及全球定位装置（GPS）都可以归还。而这条床单再也没机会回到宾馆的床上了。贝克不喜欢偷东西，可当时别无他法，他们的装扮太显眼了。

“喂，妮卡，”贝克一边将裹在上身的床单别好，一边说，“我们穿成白色的，用雪地做掩护太方便了。”

“知道的真多啊。”戴安面无表情地说。妮卡笑了。

贝克记得，几年前和芬兰的一个部落待在一起时，他学到了不少生存技能，获益良多。三人忙着用床单做伪装的时候，贝克尽力回忆着芬兰部落成员教给他的一切，他跟戴安一一描述过。想到这里，他突然有了主意。一名好老师应该时时给学生机会，让其学以致用。

“戴安，你跟大家说说，要注意什么来着？”他故意装傻，冲妹妹一笑，鼓励她开口。戴安也笑了笑，坐直身体，将语调调整成视频直播时的状态。

“要动起来。”她说，“一动不动会冻坏的。如果在空旷的地方，眼睛不要只盯着地平线，那样容易忽视近处的障碍物。如果看不到地平线，周围都是树，且长得差不多，或者能看到地平线，却没有固定的参照物，就得小心了，否则容易在原地兜圈子。所以要时不时确认方向。贝克就是这么做的，每隔几分钟会看看指南针。如果需要爬山——我看接下来很有可能哟，一定要当心，因为岩石可能不牢靠，上面还可能有雪……”

说到这里，她向贝克投去了询问的目光。贝克挑了挑眉毛，示意她继续往下说。

“除了这些，还有就是……咱们得把脸捂住，不仅为了防止冻伤，还为了不淌……”

“不淌什么？”妮卡赶紧问，“听不明白。”

“喏，就是这样。”戴安指了指自己的鼻子。

“啊！”妮卡恍然大悟，“你说的是鼻涕啊。”

“明白了？好的。把鼻孔盖好，因为不盖好，鼻涕就会结冰，到时候肺部就可能被冻伤。我跟你说，肺部被冻伤就等于判了死刑。哦，还要记住，感觉寒冷时血压会上升，所以总想小便。这样很容易脱水，所以要及时补水。”

她又看了看贝克。

“大概就这些，对吧？”

贝克从背包里掏出满满两瓶水，分别递给她们俩。“把水放在外套里面，免得结冰。需要补充水分之前，一定要确保水是温的。喝水的时候，不要大口往下灌冷水，因为水温太低的话，猛喝下去，人会休克的。”

贝克掏出妮卡带来的地图，摊在地上。旁边摆好指南针和“借”来的GPS——一个放在防震且防水的黄色橡胶盒子里的精密仪器。

GPS显示了他们所在地的经纬度。他之前已经通过谷歌搜出了目的地的坐标。有了这些信息，又有指南针，他就知道现在的准确位置，也知道接着该往哪个方向走了。

“咱们大部分时间都是沿着这个山谷往前走。”他一边说，一边用手指比画地图上那组等高线，“这里有河道，咱们得渡河……可能还不止这一条，太小的话，地图上显示不出来。”

“这里非常陡，”妮卡指着地图上挤在一起的几条等高线说，“很可能是悬崖。”

“对。应该绕过去……然后走这里……”

他们又研究了几分钟，直到大家将路线铭记于心了，贝克才把地图收好。

贝克重新背起背包。包里除了马卡连科的若干工具、妮卡哥哥的冰斧，还有他们从药剂师那里买的简单急救箱。各种各样的金属增加了背包的重量，贝克不得不活动一下肩膀，让自己适应。每一件工具外面都裹上了东西，这不仅免去了走路时金属和金属碰撞产生的噪声，同时也可以避免皮肤一不小心接触到冰冷的金属表面。贝克知道那有多危险。

贝克站在原地，审视着两个女孩。她们看上去好诡异啊——把撕破的被单胡乱裹了一身。不过，现在最重要的是伪装，有了伪装，远处的人就不会发现他们了。

“重中之重，”他严肃地说，“是靠机智和毅力克服困难。这是求生者必要的训练。你要不断地跟自己说，我做得到。要笃定，我做得到。”

贝克看看手表。该出发了。他在前面带路，两个女孩紧随其后。大半个早上他们都没说话，现在再度陷入沉默，大家已经完全适应。

贝克开始默默祈祷：

“危险无处不在。我们知道，一转眼针叶林就会将我们吞噬。我们来这儿有充足的理由。请给我们指路，请给我们保护。”

他心里很清楚，三人当中他经验最丰富。戴安不用太担心，她比他们刚见面时多了不少经验，但依然无法确保不出问题——刚见面时，她的求生经验几乎是零啊。要达到贝克现在的水平，她还有很长的路要走。

可妮卡呢……她是一个彻头彻尾的新手。

可以说，现在三个人的性命都在他的手里。

“咱们爬上那边的高地会不会暖和一些？”妮卡问。

他们已经走了一段路程。地面冻得结结实实，大家偶尔会踩到冻在地上的小树枝，随之便会传来低闷的咔嚓声，这是四周唯一的动静。可现在声音不是问题，问题是太冷。

贝克看了看妮卡所指的方向。没错，两侧地势都很高，还很对称。

“冷空气会下沉，不是吗？”她说，“所以走上面比走山谷里暖和才对。”

贝克点点头，笑了。

“如果咱们在爬山，你说的就没错。可现在是平地，平地的话，山谷里更暖和。高处风大，而且无处躲藏。这里空气不怎么流通，身体的热量就不会被吹散。懂了吗？”

“嗯。”妮卡小声哼了一下。她故意摆出一张扑克脸，说：“我会记住的，贝克老师，情况不同，所用的物理原理就不同。”

贝克嘿嘿笑了。他喜欢妮卡跟他开玩笑。保持积极向上的心态对求生来说至关重要。

三人在山谷中跋涉，沿着对角线往前走。贝克在三人中个子最高，腿最长，因此走在前面。戴安稍稍落后一些，在贝克侧后方。走在最后面的是妮卡。

戴安在数步子。数到一百的时候，她发现贝克会把一颗小石子从一个裤兜挪进另一个裤兜。所以，她边数边等着贝克那句“停下来喝水”的命令。

光走路实在太无聊。贝克的左边裤兜里放了十颗小石子。每走一百步，他就把一颗小石子挪到右边的裤兜里。十颗全挪完，就走完了一千步。戴安已经默默做了粗略计算。假如每一步有 75 厘米，那一千步才有 750 米，也就是 1 公里的四分之三。

750 米并不算远，但足以让你感觉口渴，不及时补充水分的话，会有脱水的危险。他们周围全是水，但都结成了霜，冻成了冰。空气异常干燥，因为水蒸气都被冻住了，身体里的水分也会被空气吸收，呼吸的时候鼻子和嘴巴都很干燥。

贝克和戴安在一棵杉树下停住脚，等妮卡赶上他们。戴安看到贝克在咬嘴唇——每次意识到自己犯了错误，他就会有这种举动。他是“三人探险队”的队长，不应该让同伴掉队。

妮卡拖着重重的脚步来到了树下，她接过贝克递来的水，投去了感激的目光。

戴安先问道：“你感觉怎么样？”

妮卡回答前明显停了片刻。

“还行。”说完她又喝了一通。

戴安笑了。妮卡之前说起过俄罗斯人民的牺牲精神，戴安知道，妮卡现在是完全豁出去了。

“这个时候你没必要发扬俄罗斯人民的牺牲精神哟，我和贝克都不是俄罗斯人。”

妮卡耸耸肩：“现在只不过在走路，哪有什么牺牲？”

“没错，只是走路，”戴安说，“可条件很艰苦。”

“走路我还是可以的。”

“好，好，”戴安说，“没问题就好。有时候，我们的身体还能撑，心里却会觉得很难。如果感觉到达目的地遥遥无期，想保持乐观就没那么容易了，精力很快会被耗光。所以，要让自己时不时有些成就感。”

妮卡好像听进去了一些，但这个时候她绝不会承认自己可能需要帮助。“嗯，你继续说。”她假装抠靴子底上的小石子。

“自己最好制定很多小的目标。先瞄准前面那个山脊，然后是下一个。或者数树木也行，每数到一百，就在身上拍一下。将大任务分解成很多小任务，每完成一个，就去掉一个，一个接一个地完成。这样你的大脑就会说：‘呀，挺简单的！’”

妮卡一脸的不相信：“要是那么容易就被骗过去，我的大脑也太不聪明了。”

“大脑很容易被骗哟，”贝克微笑着说，“大脑不过是一大块肉而已。真正重要的不是大脑，而是我们的想法。如果我们让大脑保持乐观向上，身体就会感觉轻松很多。”

“长知识，长知识。”妮卡叹了一口气，再次摆出一张扑克脸。

贝克又笑了笑，但这次有些不自然，他转过身去。戴安不应该也不需要跟妮卡说这些，他心想。甚至动身前他就应该先确认，关于在针叶林中跋涉，妮卡大体需要知道哪些。

他开始在心中盘算她需要了解的一切，他忘了提醒的内容。如果她觉得走路都很困难，等真正的困难到来时，她该怎么办？前面还有哪些真正的障碍需要她做好准备去克服？

他知道，他得让妮卡尽快明了。现在离索科洛夫的别墅更近了，离得越近，大声说话就越危险。

“也许我应该拍一张照片，”戴安说，“照片的标题就叫‘贝克究竟在干吗’，然后把答案印在明信片上。”

戴安的眼睛一直盯着相机的屏幕。她在屏幕中看到，贝克和妮卡在一棵高高的杉树下站着。贝克在树的一边，两脚分开，分别在树干两侧；妮卡在树对面，蹲在贝克脚旁，用撕成条的枕套将贝克的两个脚踝系在一起。

贝克嘿嘿笑着，妮卡则眉头紧蹙。

“这个很重要吧。”她说。

“当然了，妮卡，所以我才要录下来。如果不重要，我才不会浪费时间呢。”

“戴安就是戴安。”贝克解释说，“人家是不喘气不能活，她呢，是不拍视频不能活。”

妮卡喘着气，咕哝了一句俄语，她已经用布条系好了单套结。贝克原本打算告诉她单套结怎么系，结果发现她驾轻就熟。他看到，妮卡在布条一端留出几厘米，然后绕一个圈，接着将布条另一端从圈里穿过去，再从上面绕一下，最后从圈里穿过来。用力一拉，圈就紧了。

“单套结打得不错。”他说。

妮卡瞪了贝克一眼，眉毛往上挑了挑。看来她心里好受些了，贝克心想。

地图和 GPS 就在贝克身旁的地上放着。他又看了看，并将细节记在心里，然后站起身来。脚踝被绑住，站起来还真不容易，但他成功站了起来，现在胸口紧贴着树干。他停顿片刻，任由松脂浓烈的气味充满整个肺部。

“可以了，”他对着相机说，“爬树看上去容易，但做起来难。不过，咱们必须弄清楚现在的位置，以及接下来要走的方向。如果路上有什么障碍，我们要提前知道，不能往后拖。所以……”

他仰着脖子看树顶，这是他能找到的最高的杉树了——大约 30 米，树干呈锥形，树枝乱糟糟的，全都向上生长，只有近地面的 4 米树干没长树枝。淡棕色的树皮光溜溜的，没有任何凸起，手脚根本无处固定。这是附近最适合攀爬的树了。

贝克用双臂环绕树干，尽力抱紧，然后抬起腿，趁身体还没往下滑，赶紧弯曲膝盖，收紧双脚。系在两个脚踝之间的布条紧紧地箍在了树上。布条的摩擦力让他定在了原位，远比胳膊要给力。他趁机伸直双腿，将身体往上送。接着，手臂继续抱住树干，双腿重复刚才的动作。

贝克像毛毛虫一样，不停地弯曲和伸展身体，爬完近地面的 4 米后，总算可以够到树枝了。他松了一口气，用力抓住一根树枝，然后踢掉脚上的单套结。从现在开始，他可以用正常的方式爬树，在密密麻麻的树枝间穿过了。不一会儿，树下的两个女孩就看不到他了。他往下看，地面变成了树枝缝隙间一团团模糊的灰白色。

越往上，松脂的气味越浓烈。针叶一簇又一簇，每一根树枝上都有，遮天蔽日。贝克一直在昏暗无光的树枝当中摸索着往上爬，一半靠感觉，一半靠眼睛。在爬上一根新的树枝之前，他要反复考量，要确保树枝能承受他的体重。没一会儿，低处粗壮的树枝就爬完了，高处的树枝又细又长，树干也比近地面的细很多，贝克开始注意，尽量不让树干大幅度摆动。他知道，爬到这个高度，一不小心树干就会往下弯，晃个不停。他可不希望这个时候招来索科洛夫的人。

离树顶还有 3 米左右，贝克不再往上爬了。他透过树枝向外张望，峡谷不太深，但够宽，向前绵延几公里远，和地图上显示的一模一样。两侧都是茂密的针叶林，他感觉自己就像坐上了一艘小船，在林海里乘风破浪。再往前，峡谷没了，变成了横贯南北的高大山脊，这就是妮卡在地图上看到的悬崖。

贝克从衣兜里掏出指南针，将安全绳系在手腕上，以防失手滑落。他看了看指南针刻度盘，又看了看峡谷尽头偏南一点的位置。高高的山脊继续延伸，变成了缓坡。他们的目的地就在山脊的另一侧，贝克暂时还看不到。不过，他看得到缓坡尽头，那是一片开阔的平地，上面都是雪，应该是一口冰封的湖——这个地图上有显示。

他想找到那条溪流，他们得想办法到达对岸。地图上显示有溪流，可他没找到——针叶林实在太密，看不到也很正常。

最后，贝克调整指南针，让它对准另一个方位。此时，在他的正前方，山脊之外，还有一个地方更高一些，那是一个光秃秃的山顶。太棒了，一切都在计划中。

至少到目前为止都是。

但计划终归是计划，稍有不顺就会搁浅。

贝克小心翼翼，准备从树上下去，他依然要确保树枝没有大幅度的晃动。看他爬完最后 4 米，重新站在地上，树下的两个女孩都高兴地笑了。

“路线完全正确，”他说，“几个小时后咱们就能到达目的地。”

他说得轻松，可眼前依然有不少险峻的地形要对付。

第八章

危险，相当危险

贝克凝视前方，眯起眼睛。

危险重重啊，他想。

他看向前方，从左到右，仔仔细细观察了一遍地形。“危险，相当危险。”

峡谷已经到了尽头，前面就是悬崖，这张地图上有清楚的标记，贝克在树上也清楚地看到了。悬崖表层除了石头，还有冰块，以及被冰雪压弯的小植物。

贝克早就知道有悬崖，但溪流却比他原想的要艰险得多。他知道，溪流最后汇入了那个湖，湖对岸就是索科洛夫的别墅。如果他们继续沿着溪流往下走，就可能被发现。唯一的选择就是现在穿过溪流。

这个任务太艰巨了。

四周空无一人。他从树林中走了出来，妮卡和戴安在他身旁。三人一言不发，站在溪流边上发呆。两岸都是大大小小的石头，上面覆盖着雪，看上去一块又一块，高低不平。这倒不是什么问题，可水面就难办了——现在已经变成了光滑洁白的冰面。三人如果在冰上穿行，远远望去，就是白底上的一条黑线，非常显眼。

“我听到了冰下的流水声。”妮卡说。贝克点点头。

“对，”贝克说，“冰把下层的水和寒冷的空气隔离开了，山脊地势高，水压大，因此这里的水会一直流动。也就是说，冰面很薄。如果要禁得住咱们的体重，冰至少得8厘米厚。我觉得这儿不行。”

妮卡顺着水流，指向上游。站在下游看，那里全是冰，还有一个又一个隆起的雪堆。

“冰面上有石头，”她说，“咱们可以踩着石头，慢慢穿过去。”

贝克在心里将一个个隆起的点连成线，把湖的两岸连了起来。没错，踩着一块块石头往前走应该可以，只是……

“万一那些不是石头呢？”他问，“我们看到的可能只是隆起的一堆堆雪而已。”

这的确是一个问题。

那些隆起的形状只是看上去像石头，但根本无法分辨下面到底是什么，有可能是石头，也有可能就是雪堆。即便是石头，也判断不出石头是否平整，是否坚固，人站在上面是否安全，是否会沉下去。稍有差池，他们就会掉进冰窟窿。虽然不小心落入冰水不至于丢掉性命，可那会耗掉很多时间——他们现在根本没有太多时间。

贝克发现，妮卡似乎看穿了他的心思。现在只有一个办法可行。

“你们等着。”他说。

贝克走回树林，打算找一根合适的树枝，用它当拐棍。这根树枝要轻而直，长度和他的身高相当。

他带着木棍回到溪边，看着一个又一个隆起的雪堆。贝克以前没有走过雷区，现在这种情况可能跟走雷区很像，任何失误都是致命的。对于马卡连科和他们三人，都是如此。

贝克用木棍戳了戳离他最近的那个雪堆。木棍末端戳进雪层之后，再也戳不动了，阻力顺着木棍传到贝克手里，这种感觉正是他想要的。

可这才解决了部分问题。雪层下面是石头，可石头也许又高又尖，人根本无法站在上面。也许用木棍戳没问题，人站上去说不定会掉进水里。贝克很清楚，行动之前，必须先确保万无一失。

贝克又用木棍戳了戳，这次力气更大。可无论他怎么推，雪堆都纹丝不动。行啦，他心想，然后抬起脚踏在了雪堆上。脚踩上雪堆的时候，稍微往下陷了一些，贝克的心一下子提到了嗓子眼，不过，脚底立刻感受到了坚硬的岩石表面。他继续往前摸索，寻找下一块石头。

下一块石头离贝克只有十几厘米远，他很快挪了上去，再接着的那一块就远了。他得费力往前迈。三人中妮卡个头最小，她是否能迈过去？他往前倾了倾身体，用木棍探测了一番，感觉很牢靠。但愿妮卡够得到。贝克迈了上去，继续寻找下一块合适的石头。

每一次的步骤都一样：判断石头之间的距离，探测表层积雪的厚度，然后用尽全力，看看石头是否松动。并非每一块隆起的形状都是石头，有些只是一堆冰雪，不过他还是成功跨了过去。

他的全部注意力都在石头上，可通过眼睛的余光，他感觉到戴安正在用相机拍他。他微微扭头，以免自己分心，调整姿势后，准备踩到下一块石头上。

他的重心刚刚调整好，一只脚就踩滑了。

贝克发现自己的整个身体向前扑了过去，眼看就要跌进结冰的溪水里。他迅速做出反应，立刻将木棍插向雪堆。木棍顶端一下子戳透雪堆，插到了水里。幸好木棍及时触到了水底的石头。贝克的小腿还在岩石上，小腿以上完全呈悬空状，脸朝下，和湖面成 45 度角。他靠着双手的力量握住木棍，上臂绷直，这才慢慢站起来。

两个女孩直愣愣地盯着他。他想傻笑一下缓解气氛，脸上却都是愁容。

“你们过来的时候要小心那一块石头。”他咕哝道。

接下来就容易多了。贝克找到的都是真正的石头，牢固而且彼此距离很近。没一会儿，他就来到了溪流对岸。

贝克用手指转着木棍，像投标枪一样将木棍扔给溪流对面两个等着过去的女孩。

“下一个！”

妮卡捡起了木棍。贝克知道，她会是第二个，有些需要大步跳跃的地方，她得费些功夫。但她不慌不忙，一步步前行，贝克站在对岸耐心等待，尽量表现出鼓励和温和的神态。戴安没有拍摄，怕给妮卡增加压力。

最后，贝克伸出胳膊，帮妮卡完成了最后一步。

接着，他又把木棍投给戴安。

五分钟之后，三人全都来到了对岸。

贝克回头看看他们刚走过的路。痕迹实在太明显了，只要有人从这里经过，就会看到这些脚印。可他们也没其他办法了。

贝克看看手表。

“很好，没有超出预定时间，”他高兴地说，“离天黑还有四小时。”他环顾四周。溪流的这一侧没有什么树，紧挨着溪岸的就是悬崖。“咱们找一处可以藏身的地方，好坐下来吃点东西。”

悬崖脚下有一块很大的石头，贝克觉得他们可以躲在石头后面。石头后面没有风，他们不会那么冷，而且还不会被对面的人发现——对面就是索科洛夫的别墅了。戴安打开背包，掏出宾馆为远足的人准备的压缩食物。面包很硬，有嚼劲，贝克知道，这种粗粮对肠胃极好，面包里面还有可口的香肠丁和蔬菜丁。面包皮很硬，贝克用了很大力气才嚼碎，他觉得牙齿很累，但满口都是面包香，累也值了。

他想象自己是在萨林斯克的饭店里享用这些美味。脑海中浮现出一处温暖舒适的场所，耳边有说话声，空气中有食物的香味，好像还有丝丝烟味，或许门外有抽烟的人。

贝克愣住了，眉头紧皱。他用力吸了吸气。

他好像真的闻到了烟味。

点燃的烟草味顺着风飘了过来。

附近有人。

贝克突然举起一只手。妮卡和戴安立刻呆住了，连咀嚼都停了下来，她们瞪大眼睛看着。

贝克指了指身后，示意她们注意藏身的石头外面。接着，他故意用力闻，想让她们知道他发现了怪味。

两个女孩也学他，他知道，她们领会了他的意思。

贝克将帽子往上提起一些，露出耳朵。他闭上眼睛，排除杂念，专心致志地感受周围的动静。

没错。他恍恍惚惚听到了，附近有男人的说话声。

他低下头，凑到妮卡和戴安跟前。三人头抵头，小声说着话。

“我一直都觉得抽烟是个坏习惯。”戴安嘀咕着。

“我也是。”贝克说。他受不了烟草的气味，也受不了烟草对肺的伤害。现在他觉得，还有一个理由不抽烟——抽烟会暴露自己。对于一个不抽烟的人来说，没有什么比烟味更明显的了。

“至少有两人。”妮卡小声说。她又仔细听了听。“说的是俄语，听上去很随意，其中一人提到了足球。”

“嗯。”贝克想了想，也许……也许就是两个打猎的，或者伐木的，也许他们只是聊天，并没有危险？

也许他们是索科洛夫的人，帮老板看着宅子，又冷又无聊，所以不那么尽心。

“要是能多听到一些他们说话的内容就好了。”贝克嘀咕。他不小心把心里想的说了出来，但并没有指望妮卡去做。

“我同意，”妮卡把嘴里的食物咽下去，“我是唯一能听懂他们说话的，所以……”

她慢慢起身。贝克和戴安吓坏了，同时拽住了她。

“你干吗？”

“你说了，我们要多知道一些说话内容啊。”她摊一摊手，趴在大石头边上偷偷往外看。接着，她站起身来。

“他们一定在前面的拐角处。我会小心的，尽量不发出声音。”

说完，妮卡就迈出了脚步。

这个时候上去抓住她，把她拉回来，动静肯定太大，很可能三个人都会被发现。贝克和戴安只好重新蹲到石头后面，你看看我，我看看你。

他们慢慢抬起头，从石头上方偷偷关注妮卡的举动。

妮卡慢慢向前走，很果断。她没回头。只要有空地，她就尽量走空地，不踩冰雪，这样就不会发出咯吱咯吱的声音。如果只能踩在雪地上，她也会用鞋尖把雪拨一拨，先确定下面没有埋东西——如果有小树枝什么的，一脚踩上去，那就是咔嚓一声响。

妮卡缩着身子，慢慢靠近悬崖，身体微微前倾，弯着腰，如果有突发情况，随时可以脸朝下趴到地上。

她前面的悬崖略有弯曲，悬崖脚下的溪流也随之绕了个弯，才流到湖里。

妮卡在溪流拐弯处停了下来。她把兜帽重新戴上，拉紧边缘，尽量捕捉那两人的对话。

片刻之后，她转过身，往回走。她只踩自己刚走过的地方，这样每一步才安全。重新回到大石头后面蹲好后，贝克一看她的表情，就知道情况不妙。

三人再次头抵着头，妮卡直截了当。

“他们在守株待兔。”

“好吧。”贝克叹了一口气，尽量多做些预想，“嗯，这种情况咱们其实猜到了。警卫就是要放哨，不让人进去……”

妮卡摇了摇头。

“你错了，贝克，他们等的就是咱们仨。其中一个人提到了三个小孩。他说：‘你真的认为三个小孩能过来？’另一人说：‘哎呀，肯定过不来，哈哈。’”

妮卡挑衅地看着贝克，好像猜到了他不会相信自己刚才说的话。

戴安盯着妮卡，已经明白了妮卡的意思。

“可是……”戴安小声说，“没人知道咱们过来啊。”

“有，”贝克说，“或者有人猜到了。”贝克偷偷往石头外面看了看，确定岸边没人。接着，他站起身，跷起拇指，示意大家往河边走，离这里远一些，躲开那两个人。

他们得好好讨论一下，光小声嘀咕可不行。

三人退到溪边，又往上游走了半公里，贝克感觉那两个人完全看不到他们，也听不到他们了，这才停下来。身旁的溪水快乐地流淌着，丝毫不关心周围的一切。

贝克转身面向两个女孩。

“好啦，”他说，“我觉得是探险队的人，或者……”

他满含歉意地看着妮卡，“抱歉啊，妮卡，我觉得也有可能是你妈妈。他们当中肯定有人说漏了嘴。”

“他们都不可能。”戴安说。

听到贝克说起自己的妈妈，妮卡把牙齿磨得咯咯响，但她知道，贝克这么推测并没错。她得解释一下了，这样他们才能打消这个念头。

“到目前为止，她还不知道我出来了，”妮卡说，“等她晚上回到家，才会发现我不在。我给她留了便条，告诉她说，我一个人害怕，所以去市里的宾馆找你们了。我用了一个只有她才懂的暗号，这样她就知道，便条是我自己写的，不是被胁迫的。但她怎么猜也猜不到，我和你们一起到这儿来了。”

贝克抱歉地点点头。卢德米拉不应该怀疑三人的行踪，即便有怀疑，也一定不会告诉索科洛夫的人。

“可能有人看到咱们三个上了火车。”妮卡猜测说。

“那为什么不在火车上拦住咱们呢？”贝克摇摇头，“不会。不是你妈妈，也不会是火车上的人……”

“所以一定是探险队里的人。”戴安说。她和贝克无助地看了看彼此，拼命猜测队伍中谁会是俄罗斯黑手党的同伙。

“还是不对，”他说，“没人知道咱们的行踪。他们都以为咱们和妮卡待在一起呢。”

“也许他们已经发现咱们不在妮卡家，也不在宾馆了？”戴安推测，“也许他们猜到了咱们要去哪儿？”

“可哪有人会留意咱们知道妮卡爸爸失踪这一细节呢？咱们又没说。只有艾玛会注意到咱俩不在宾馆，斯韦教授才不管咱俩死活呢。我觉得队伍中应该还有其他人……”

贝克突然想到一件事，眉头立刻皱了起来。

“是亚历山德罗夫博士，”他一边说，一边看向妮卡，“你们这儿的一位科学家，好像跟你爸爸合不来。要是他知道了你爸爸的情况，又发现咱们不在宾馆，兴许猜到了……”

妮卡喘着气说：“亚历山德罗夫？他和我爸关系的确不好，可我从没想到会是他……你难道觉得……”

贝克总结道：“好啦，这个等以后再说。咱们现在能确定的是，反正对方盯上咱们了。也就是说，如果有人知道了咱们的去向，那就说明咱们之前定的路线被猜到了。现在如果再往湖边走，不被发现是不可能的。”

“咱们可以重新过河，”戴安提议说，“沿着溪流往下游走，穿过树林，绕过那两个人，这个主意怎么样？”贝克无奈地摇了摇头。

“离湖越近，溪流越宽。这不行。咱们还是待在溪流这边别动，既然A计划行不通，那就接受事实。所以啊，有B计划总是好的。”

“这么说，你有……B计划？”戴安问道。这个时候，贝克居然嘿嘿笑了。

“我还真有。”

他斜着眼睛，瞅了瞅他们身后的悬崖，若有所思，脸上的笑容立刻变成了愁容。

“只是，你们可能不喜欢。”

第九章

执行B计划

贝克使劲儿仰着头往上看，悬崖最高处大约 30 米。

悬崖并非绝对垂直，只是非常陡峭，大概与地面成 80 度角。他选了最适合徒手攀爬的坡面，因为三人当中有妮卡。

不幸的是，坡度稍缓，此处岩石表面覆盖的冰雪也更多。而接近垂直的地方，往往只有裸露的石头，没有冰雪。这两个条件算是打了个平手，如果非要分个高低，贝克觉得有冰雪的缓坡更胜一筹。

可现实是，他们必须爬上去。这是唯一能够绕过守卫到达别墅的方法。先爬上高地，然后从别墅后方偷袭。贝克希望索科洛夫的守卫昏头昏脑，守株待兔的时候只顾吸烟和聊天，那他们就不会留意一个完全出乎意料的方向。

贝克垂下头，挑衅地看了看眼前的大石头。

“有什么问题吗？”站在贝克身后的戴安问道。

“有。”他举起冰斧，用扁平的楔形斧头砸向岩石表面。

岩石上有碎片剥落。

“基本都被腐蚀坏了。”

每一年的夏秋两季，雨水和露水会浸入岩石。冬天，水结成冰，冰会不顾一切地膨胀。因此，岩石之间的微小缝隙会被撑大。第二年的春天，冰融化成水，冲走了岩石中的细碎沙尘，岩石中就会留下小小的孔洞。一年又一年，这个过程不断循环。

与此同时，苔藓和地衣会生长，它们将细小的根须伸进岩石，用力往里钻，岩石的结构会进一步遭到破坏。遇到阳光照射，岩石就会膨胀，夜晚又会收缩。

就这样反反复复，几个世纪之后，岩石表层就会像煮过头的意大利面一样易碎。

然而，贝克在表层剥落的地方又重重砍了一斧，这次并没有小碎片脱落。

“表层以下还好，依然很坚硬，很结实。”

“也就是说，咱们可以爬上去？”妮卡在身后问了一句。她吞了吞口水。“我……我不适合攀爬。”

贝克看着她。

“你是没爬过，还是恐高？”他很干脆地问。

“两者都有吧。分不清。”

贝克点点头。“攀爬之前要仔细检查，确定岩石不会滑落，不会断裂，这样才能将全部体重压在上面。只要做到这一点，我们就可以往上爬。”

他举起冰斧。

“不过，妮卡，你能带来这个，我真的很高兴，因为咱们马上就会用到。”

有了冰斧，他们就可以将腐朽的石块砍掉，剩下的就都是结实的，就可以往上爬了。哪怕有个别漏网之鱼，刚一踩就断裂或者滑下去，那也不要紧，斧头较尖的一端可以帮他们支撑住身体。

要是有攀岩绳就更好了。撕成条的枕套替代不了攀岩绳。不过，妮卡没想到要带这个。

“可是，我们只有一把冰斧啊。”戴安指出了问题所在。

“所以要一个一个往上爬，这和咱们上次在中国攀岩不一样。这次我先爬，爬这样的悬崖，我经验最多，我会帮你们辟开一条路，把不牢靠的岩石清理掉，这样你们就可以沿着我爬的路线安全地上来了。你们在悬崖脚下看我爬，戴安，你跟妮卡说明一下注意事项。”

贝克迅速在心里盘算哪些技巧是妮卡需要知道的。

“最重要的一点，双手和双脚找到安全的位置之后，一次只能移动一只手或一只脚。两只手和两只脚，至少有三个点是固定在岩石上的。如果一次移动两个或更多，就会掉下去，这一点确定无疑。如果恐高，就别往下看。还记得咱们穿越树林时怎么做的吗？设定小目标，一个又一个小目标。现在也是一样。只关注眼前的几米就好，不要看太远。跟自己说，只要爬上这几米，然后，再开始接下来的几米。最后，这些小的目标累加起来……哟，你瞧，就这么爬上去了。”

他面带微笑，希望能给两个女孩带来鼓励。

“好啦，咱们开始吧。”

“你……你这是要……不是吧？”妮卡看到戴安的手往腰带上摸，忍不住惊叹。

贝克开始往上爬了，她们都向后退了几步，这样离悬崖远一些。向后退倒不是为了有更好的视野，她们只是不想被贝克敲下来的岩石碎屑击中。

戴安停顿片刻，然后耸了耸肩。

“我是要拍摄，他也希望我拍下来。”

她掏出相机，将镜头上举对准贝克。

一开始的几米贝克爬得很慢，但很稳，就像刚才跟妮卡说的那样，一次只挪动一只手或一只脚。他不停地往后仰头，检查面前和上方的石头。挪动的时候，他要么将手里的冰斧稳稳固定在悬崖表面，要么用另一只戴手套的手抓住某处突起的石头。

突然，戴安和妮卡发现他停了下来，盯着某个地方仔细瞧。他将冰斧往上伸出一段，敲了敲头顶上方的石头。那块石头立刻碎了，剥落的石渣在他眼前滑了下去，直接掉到了地上。贝克赶忙往一侧躲，以免碎屑掉到身上。

"好吧，"戴安对着相机小声说，"他已经发现，自己的方法有瑕疵。如果敲头顶的石头，碎屑就会掉在自己身上……"

不过很明显，贝克这么做，悬崖的确适于攀爬了。他又敲了敲裸露出来的石面，显然这次行了，他继续往上爬。

站在悬崖脚下的两个女孩注意到，悬崖表面有一处突出的部分。贝克正在往一边绕。绕到突出的石头一侧之后，他停顿片刻，左右瞧一瞧，想要寻找最佳路线。

戴安好想大喊一句：往左爬！可她不能，在寂静的空气中，说话声稍大都不行。现在贝克差不多爬了 5 米了，突出的石头形成了一个天然的分水岭。他选择绕到一侧继续往上爬，一次只挪动一只手或一只脚，然后停下来，调整呼吸。他扭着头，使劲往下看，向两个女孩挥手。

"他怎么站得住脚，"妮卡声音有些发抖，"那么小的一块地方？"

"我猜要是他听到这句话，他会问你：'如果是在地面上，你可以做得到吗？'"

“地面上啊，那我当然可以啊。”

“那他就会说：‘地面上可以，悬崖上也可以。’贝克有时候就喜欢将事情过度简单化，不过，他的意思你肯定明白。”

“大概明白。”妮卡有些无奈地说。

调整好呼吸之后，贝克开始像螃蟹一样，横着爬过那道分水岭。

“要学他那样爬，”戴安对妮卡说，“那样还能停下来歇口气。”她继续将镜头对准贝克，“我猜接下来他会……”

就在这时，贝克脚下一块行李箱大小的石头突然滑落，贝克也突然从镜头中消失了。石头不急不忙往下掉，最后砰的一声，砸到了地上。戴安听到的不仅是石头砸向地面的声音，她的心跳声甚至更大，一瞬间，心跳骤然加快，她使劲儿咬着舌头，生怕自己大声喊出哥哥的名字。

不过，贝克没有摔下去，他还在悬崖上，上身几乎没动，只是一条腿跪了下去，靴子还稳稳踩在那块岩石的隆起处。另一条腿悬空垂着——石头掉下去了，脚下成了空的。贝克双手越过头顶，使劲儿往上伸展，一只手紧握冰斧把手，斧头牢牢插在了岩石的缝隙里。

妮卡看呆了，瞪着眼，张着嘴。戴安调整呼吸，让自己平静下来。刚才哥哥差点就掉下来了，如果掉下来，就算没摔死，也会伤得很重。那样她们俩怎么办？难道向索科洛夫的守卫求助，让他们喊救护车？

贝克伸直一条腿，整个身体往上纵了一下。他重新踩到隆起的地方，然后抬起悬空的另一条腿，双手没动，依然紧握冰斧和突出的石头。接着，他往悬空处另一侧的那块石头上狠狠踢了一脚。石头没动，于是他把重心转移到另一条腿上，慢慢跨过悬空处，爬了过去。

妮卡依然目瞪口呆地看着。戴安想说些什么宽慰她。

“过一会儿你爬的时候就非常安全了。”她轻描淡写地说。

挪到隆起石头的另一边，贝克继续往上爬，现在只要沿着斜线向前爬就可以了。戴安继续拍摄，她发现，镜头中的贝克在沿着石头上一条很明显的线攀爬。这条线蜿蜒向上，等它消失不见的时候，贝克离悬崖顶部只有几米了。

看到最后几米的地貌，戴安笑了。悬崖上是两块分开的岩石，中间隔着些许空隙。两块岩石大概 2 米高，爬上去就是悬崖顶部了。岩石相互隔开，形成了天然的烟囱。

“在中国的时候，我们爬过这样的地形，当时是往下爬，爬的距离是现在的两倍。”她说，“你看他怎么爬的，等你爬到那儿的时候，离他就很近了，他可以直接给你指导……”

妮卡的眼睛已经瞪到了极限，她一直盯着贝克。贝克将后背贴在“烟囱”一边，两腿蹬住另一边，开始往上挪，一次只挪一点点。仅仅过了一分钟，他就爬完了2米。贝克总算爬到了悬崖顶部，她们俩已经看不见他了。

妮卡突然剧烈喘气，声音很大，把戴安吓了一跳。她们俩你看看我，我看看你。妮卡不好意思地耸了耸肩。“刚才紧张得都忘了喘气了。”

悬崖顶上出现了贝克的身影。他站在边缘处，向两个女孩招手，然后小心翼翼挥动胳膊，将冰斧扔了下去。冰斧在空中划过一条优美的弧线，重重地落到了距离她们几米之外的地方。

妮卡叹了一口气，看着相机。

“好啦，”她说，“轮到我上场了。”

贝克蹲在石头“烟囱”的最顶端耐心等啊，等啊，终于看到了妮卡的头顶，安心的微笑总算回到了脸上。妮卡一路往上爬，他的心也一直悬在嗓子眼。

妮卡慢慢爬到了“烟囱”的底端，调整好姿势，双脚抵在一块几厘米宽的岩石上。现在她和贝克之间只有2米，短短的2米，却成了贝克心中最长的距离。

她抬起头，冲贝克一笑，显得轻松又自信。他知道一开始时她有多紧张，可她越往上爬，越自信。

妮卡的背部抵在“烟囱”一侧，开始把一只脚往上抬。

接着，她停了下来，看看手中仍然握着的冰斧。

“这个我现在用不着了吧？”

“我觉得……”贝克刚开口。

也许她说得对。一路上她一直把冰斧当攀爬的助手，她也应该这么做。到了最后阶段，要爬“烟囱”了，她只要借助腿部肌肉的力量，将身体撑住，抵在“烟囱”两侧就行。

可即便如此，他也不希望她那么做。可是那句反对的话还没说出口，妮卡就瞄准悬崖脚下，把冰斧扔了下去。冰斧安全落到了地上，离戴安不远。贝克的建议只说了一半，一切都太迟了。

不过妮卡还是听到了，她惊讶地抬起头。

“不对吗？”她问。

“呃……对。”此时贝克只能表示赞同，尽量把勉强的表情藏起来。丢掉有用的工具，他无论如何也不会做。可这个时候说“不妥”已经太迟了。

贝克指导过很多新手，教会那些毫无经验的男生女生如何在极端的情况下求生。所有人的生命都掌握在他的手里。即便如此，只要有可能，他还是会和他们并肩作战，和他们一起努力，鼓励他们克服困难，在实战中学习。他掌握的所有技能也都是这么学来的。他做的只是言传身教。

可现在这种情况，并肩作战根本不可能，而且不能大声喊出建议。即便条件许可，大声喊出建议也没用。攀爬的人听到大喊会犯糊涂，会恐慌。最好的办法就是在他们离开地面之前，尽可能言简意赅地给他们指导。他刚才就是这么做的。

所以，此刻他只能默默观看，他要对这个人的生命负责，他以前从没有过这么强烈的感觉。

妮卡再次绷紧身体，背部靠在“烟囱”一边，一只脚抵住另一边，然后是另一只脚。现在距离地面已经有 28 米了。

贝克脸朝下趴在悬崖顶上。如果妮卡不小心下滑，他还有可能抓住。

她抬起一只脚，稍微往上挪了挪，此时全身的肌肉都绷紧了。贝克有经验，他知道妮卡要做什么。出于本能，她想要同时挪动两只脚，觉得背部贴在岩石上很牢靠，实际上根本不可行。她做不到，双脚同时移动时身体只会往下滑。

好在同时挪动两条腿本身就很难，需要腹部拼命发力，让双腿离开岩壁。妮卡的身体不听使唤，没有做到预想的动作。

贝克正准备提建议，但妮卡抢了先。

“不对，”她自言自语道，“那样不行。要这样……”

她抬起另一只脚，两只脚并排抵在岩壁上。

然后，她的双手在背后抵住岩壁，用力将身体往上撑，整个身体比刚才升高了几厘米。

接着，她抬起刚开始挪动的那只脚，两脚交替往上挪，就这样一路爬到了“烟囱”顶部。除了一开始稍有停顿，后面都很顺利，简直像专业人士。

贝克伸手将她拉出“烟囱”。她站直身体，双腿微微有些发抖，向悬崖脚下的戴安挥手。然后贝克和妮卡都往后退了退，以免在悬崖边上不安全。

“感觉怎么样？”贝克问。

她的腿还在发抖，笑起来声音也有些发抖，不过，贝克感觉得到她是发自内心的高兴。

“不容易，”她说，“最后那一段很惊悚。”

“不是惊悚，是惊人。”

妮卡看上去依然很开心，但眼神中多了一分勇敢。

“爸爸一直跟我说，人只有在害怕的时候才会勇敢。但害怕的感觉不要太多，只要一点点就行。如果丝毫不害怕，就会像傻瓜一样鲁莽；如果太害怕，又会裹足不前，一事无成。”她顿了一下，又说，“不过，我刚才可能不只是一点点害怕。”

“反正你变得更勇敢了。”贝克嘿嘿笑了。此刻，妮卡的眼神更加坚毅了。

“我想成为爸爸那样的律师。也许以后我不需要再攀爬悬崖，但我可能会在法庭上遇到像索科洛夫这样的人。我知道，如果我失败了，而他逃脱了，他会查出我和我家人的住处。我还知道，就算我成功了，法庭外还有他的同伙，他们会报复我。所以，我得把所有的恐惧放在一边，这样我才有成功的可能。”

她没再往下说。

“谢谢你教会了我怎么做，贝克。”

贝克一时间不知道该说什么才好。

“嗯，不用谢。”他只好说。两个人没再往下聊，开始关注攀爬悬崖的戴安。

第十章

雪地上的爪印

“一共有多少人？”戴安小声问。

贝克、戴安和妮卡这个时候正挨着趴在山脊边缘。居高临下，贝克拿着双筒望远镜，刚好可以将别墅整个布局看个清清楚楚。

悬崖顶上有一处空地，没有树，再往外，又都是连绵的针叶林了，对于想要窥探的人来说很不方便。爬上悬崖其实有一个好处，那就是可以居高临下观察目标。

“多少人？大概……十个，最多十个吧？”贝克不太确定。

“嗯，”戴安想了想，对贝克说，“十个啊，和你救我时相比，情况还好一些。”

贝克哼了一声。

“当时对方很分散。现在则不一样，全都集中在一处。”

索科洛夫住在湖边的一片综合建筑群里，方圆 1 公里都是白茫茫的冰原。离湖岸 10 米左右的地方，有一片大大小小的石头，上面全都结了冰。再往外还是一片白茫茫的，没有树，只有一条漆黑的柏油路直通索科洛夫家的大门，柏油路上没有冰雪。

综合建筑群的核心区域就是那栋别墅——三层的木质小楼，不折不扣的俄罗斯风格。别墅配有炮台，看上去就像巨大的洋葱，还有高塔，屋顶很陡——西伯利亚地区降雪量大，这样可以防止雪在房顶大量堆积。贝克觉得这栋小别墅至少有百年历史。

别墅外面围着一圈更小但更现代化的附属建筑。从卫星地图上看，这圈建筑中，靠近大门的是车库。其中一间里面肯定停着铲雪车。贝克猜到，索科洛夫家有铲雪车，因为门外的路很明显是除过雪的。卫星图片还显示，铲雪车停在了车库外面——外形像一辆超大的红色拖拉机，前面安装有大型铲雪板。另一间车库更大，停放的是几辆豪华大轿车，像索科洛夫这类人都喜欢豪华轿车。

索科洛夫的杀手们有专门的住宿区，他肯定不喜欢漂亮的房子里到处都是杀手。库房、办公室也许是旧谷仓和马厩改成的，或许以前这里住的是一个俄罗斯大家庭。贝克真希望库房或办公室的某一间囚禁着固执的律师或其他不受欢迎的人。离湖岸更近的地方有一间船屋，船屋一半在岸上，一半浸在湖水里。船屋比建筑群的围墙高，很显眼。船屋的窗子里有灯光，窗子上面没有结冰，只有一层薄薄的雾气，所以里面一定有人，而且暖气也开了。

贝克猜测，别墅之所以这么设计，一定是原来的主人希望房子视野好，放眼望去，从自家草坪，能一直看到门前的湖以及远处的树和山，景色一定很美。

可现在景色完全被一圈 3 米高的水泥围墙破坏了。船屋在整个建筑群之外。除了船屋这一处，建筑群密不透风，就像一座城堡。卫星图片只显示有围墙，实地观察，贝克才知道，这样的围墙他们根本不可能悄无声息地翻进去。没有非常专业的设备，是不可能翻墙而入的。

围墙四周还有守卫不停巡逻。他们都是冬天的行头，而且都配有小型全自动手枪。贝克不太懂枪，远远看去，无法辨认其型号，但只要是枪，就都差不多——如果在射程内被击中，结果都一样。

贝克观察得差不多了，于是他把望远镜的挂绳从脖子上取下来，递给妮卡。

“你最熟悉你爸爸，如果他留下了什么记号，比如，暗示他在哪儿，也许你能看到。”

“我什么也没发现，”几分钟后，妮卡很沮丧地说，“没什么具体的信息。”

她把望远镜还给了贝克。

“没事，毕竟离得太远，”贝克笑了笑，示意她不要沮丧，“A 计划……”

话刚出口，他就打住了，耳边传来了其他声音，打破了周围的静谧。是狗在叫，还不止一只，听上去好像是一群。

他又拿起望远镜巡视建筑群。刚才怎么没留意呢？他根本没看到类似狗舍的地方……

他突然明白了。狗在别墅里面。地下室的门直通一个电线围起来的场地，狗可以直接从别墅里跑进去撒欢。不过，现在户外一只狗也没有。狗也怕冷。

“他养狗了。那守卫巡逻时为什么不带着狗呢？”贝克不理解。

“那些是猎犬，不是警犬，”妮卡说，“等天暖和了，索科洛夫会带着猎狗去打鹿。”

这家伙还真会玩，想到这里，贝克觉得索科洛夫还真残忍。他脑补出一个画面：一只雄鹿惊恐万分，拼命逃跑，被一群无知愚蠢的猎犬逮住，撕成了几块。这种场面大概只有索科洛夫这类人才喜欢。

“狗的听觉很灵敏，”戴安说，“如果咱们偷偷溜过去，很容易惊动它们，然后会惊动房子里的人。”

“没错，可现在咱们没去，它们也在叫啊。”贝克想了想，又说，“好像有事没事它们都会叫。房子里的人应该习以为常了。按我刚才说的做，继续执行A计划。”

“你还坚持A计划？”戴安问。贝克一想到脑海中的计划，脸上的笑容又有些迟疑了，但他不想有任何消极的念头。

“对，没错。”他信心十足地说。他开始在地上爬，肘部和膝部同时用力，向后退，起身之前要彻底离开建筑群的观察范围。“好啦。天黑之后再行动。现在温度越来越低了，咱们得让自己舒服点。”

“那是狼，”贝克说，“不是索科洛夫圈养的猎犬，是不折不扣的狼。”

他们在树林边一片空地上停住了脚步，往北是白茫茫的空地，往南全是树。

他们后退了半公里左右，躲进了树林，离开了建筑群。从建筑群那一带看过来，视力范围只有二三十米，二三十米之外都是树。这么大的树林，什么都藏得下，贝克心想。

妮卡和戴安围在雪地里一串爪印旁观察。

这些脚印不会是别的动物留下的。乍一看像狗的爪印，但比狗的爪印大。每个爪印中间是一个三角形，往外紧挨着四个椭圆形的压痕，椭圆形的前端还有尖利的印痕。爪痕很深，椭圆形很大，估计这家伙的体重得有

50 多公斤。

“或许没什么危险吧？”妮卡说。

戴安瞄了她一眼。“真的吗？”

“真的。”贝克很确定。狼的习性他们都很清楚。不过，和戴安不同，贝克在野外和狼交过手，有实战经验。“狼和人类接触越多，越不会来打扰。”

“它们是害人虫，”妮卡说，“农民看到它们会开枪，不让它们接近家畜。狼可不傻，它们明白着呢。”

“对。这附近有建筑群，萨林斯克离这里也就几个小时的车程，所以狼很清楚，它们要非常谨慎才能生存。”

“我看过关于狼的纪录片，”戴安还是有些不相信，“它们会精心布置陷阱。有些狼会埋伏在陷阱周围，等待猎物上门；有些则从猎物背后袭击，诱敌深入。”

“完全正确。”贝克说，“可问题是，如果布置陷阱，那就不会公然成群结队在树林里跑。喏，像这些家伙。它们甚至都没想着躲藏。”

他挥挥手，指了指空地。雪地上有一串清晰的爪印。

“这些家伙只是从一个地方跑到另一个地方。不过，你说得没错，它们也是见机行事。我们三个赤手空拳的人，如果太大意，遇到狼还是有危险的，何况它们非常谨慎。不过，如果有火、有帐篷，咱们就会安全很多。”

这两样都是他们需要的。才停下来几分钟，贝克就感觉到身体的变化了。西伯利亚的冬天毫不客气，会抓住一切机会吸取你身体的热量。

贝克从地上抓了一把苔藓和松针，用手指搓了搓，将其搓碎。碎屑被微风一吹，偏向一边，飘走了。他仔细观察碎屑飘走的方向，然后用指南针测算。

“风从建筑群的方向吹来，”他很满意地说，“咱们可以生火，他们闻不到。不过，狼能闻到，这样正好，它们闻到火就不会接近了。”

“咱们在哪儿歇脚呢？”妮卡问，她环顾四周，“要不要找一个洞？”

“熊会在洞里冬眠，”贝克解释说，“要是有现成的洞穴，这一带的小动物早就霸占了。所以咱们得自己动手。”

他们走到一棵树下。这棵树和之前贝克爬的那棵有点像。高高的杉树，近地面的 2 米没长树枝。再往上树枝遮天蔽日，树下没有雪。

贝克拍了拍树干。

“就在这儿吧。”他说，“开始搭帐篷。”

第十一章

天黑后三小时

贝克告诉妮卡需要找哪些东西。他的背包比较大，就把自己的背包让妮卡背在身上。

“这个包容量大，装东西没问题。”

“一会儿见啦！”

妮卡信心满满地出发了。

这片树林和之前他们停下来歇脚的树林一样，空地特别多。春夏两季，空地就成了小型草坪。树下或灌木丛下，雨雪落不下来，形成了一片又一片的干草地，妮卡可以把干草收集起来。

这个时候，戴安在忙着生火。

她先在火堆最下面铺上一层易燃物，也就是遇到小火星就会起火的材料，这样才能将火点燃。松针就是易燃物，这里到处都是松树，松针不难找。地表的松针有些潮湿，但松针里有很多松脂，可以保护底下的松针不受潮。如果往下挖，你就会发现，下面的松针非常干燥，遇火就能点燃。

除了松针，戴安还挖了一些不易受潮的干燥小树枝和小棍棒，这些放在松针上面，作为引燃层。这是火堆的核心部分，是能量的传递层，易燃物点着之后，引燃层会将火苗慢慢传递给上层大块的燃料。

火堆最上面才是燃料——大块的木头、粗树枝等。燃料在最上层，从引燃层吸收能量，慢慢释放出光和热。正常的话，一个火堆可以持续数小时释放热量。火堆如果搭建得好，堪称艺术品，只要多加练习，就不难做到。

贝克也没闲着，他在想办法搭帐篷。

晚上三人不用在树林里过夜，所以帐篷不用太结实，太复杂，但胡乱应付也不行。晚上大家还得打起十二分的精神完成任务呢。要在野外坐几个小时，就算穿着暖和的衣服，也会冷，会发抖，这样会把能量耗尽。

“我来猜猜看，”戴安忙着生火，头都没抬，“是圆顶帐篷，对不对？”

贝克嘿嘿笑了。

“没错。最棒的是，咱们可以就地取材，而且形状刚刚好。”

他们置身于针叶林，松树枝本身就是一头宽，一头窄，上面长满了四季常青的松针，这刚好是他们需要的。

贝克想找长度在2米之内的树枝，越往顶端松针越茂密。

“可是……树枝都在树上长着呢！”戴安说。贝克无奈地点点头。他知道戴安在想什么。

树枝是树的一部分，就像人的胳膊和腿。但和人相比，树总能匀出多余的树枝，不过，这也有限度。如果贝克胡乱砍树枝，树也会死掉。

“一棵树我就砍一根树枝，绝对不会多砍，”他信誓旦旦，“这样树还能活下去。”

戴安点点头，这才放心。

贝克开始研究周围的树。一棵树上砍一根树枝，说起来容易，做起来可就难多了。

他需要的树枝有人的手腕那么粗。贝克身上带着刀，刀刃磨得很锋利，可毕竟不是伐木专用的，何况要砍的树还都活着。他也可以试着折断树枝，但树枝很柔韧，里面有很多松脂，折弯容易，折断实在太难了。

最后，他只能用冰斧的扁头端砍树。冰斧的扁头端和另一端平常用的斧头成90度角，不好操作，但斧头毕竟是金属的，而且很锋利。他也没别的办法了，现在必须把树枝砍下来。树枝似乎都是一伙儿，上下左右盘根错节，贝克无从下手，就算挥着斧头也不容易使上力。

容易下手的还是长在树干最下层的树枝。最后，贝克总算摸索出了窍门——要想砍断树枝，得站在树下，从下往上砍。

他将砍下的树枝一根根拖到三人准备歇脚的松树下。树枝够用了，贝克让戴安帮忙扶着，将树枝较粗的一端斜靠在树干上，和树干保持一定角度，围成一圈，固定好位置后，用枕套撕成的布条将树枝的顶部捆扎结实。

贝克后退几步，欣赏着自己的劳动成果。

简易的松树圆顶帐篷成形了。帐篷入口正对着戴安搭的火堆。

除了搭帐篷、生火，还有很多事情要做。

戴安已经将火堆搭好，于是和贝克一起找灌木条，最好是自己落在地上的。只要上面有很多树叶，有大大小小的分叉就行，这样盖在搭建帐篷的树枝上，就能阻挡空气的流通，起到保暖的作用。

他们把灌木条堆在帐篷顶上，一层层盖住松树的树枝，由于重力和树枝之间的摩擦力，灌木条没有往下滑。

最后，他们站在一旁欣赏最终的成品——松树圆顶帐篷。

“金窝银窝，不如自己的草窝。”戴安说。贝克赶忙借机逗乐。

“对啊，这可不就是草窝嘛！”

如果有大风，松树帐篷一定禁不住，可贝克知道，天气预报显示，四十八小时之内都没有大风。下暴雨的话，帐篷里面也会漏，不过，他们暂时不用担心这个。现在最重要的是，接下来的几个小时里，他们三人要有可以歇脚的地方，这个地方要暖和，要没风。只要能挡住风，帐篷里面的温度就可以高好几度。

妮卡回来了，背上的包鼓鼓囊囊。她把包放在地上，从狭窄的帐篷入口处爬了进来。贝克和戴安递给她几块草皮，示意她将草皮铺在地上，当垫子用。隔热很重要，可以阻止冰冷的地面吸收身体的热量。戴安转个身，面对火堆。

“现在把火堆点着吗？”

“当然。”贝克将手伸到外套里面，掏出了打火石——贝克常年将这个戴在脖子上，不管在哪儿，有了打火石，随时可以生火。戴安将打火石贴紧火堆底层，金属棒和金属片摩擦，产生了火花，火花溅到易燃物上之后，戴安便蹲在旁边，慢慢向火堆吹气。

她的身体挡住了火堆，贝克看不见情况如何，但慢慢地，他闻到了热腾腾的松脂气味——易燃层点着了。接着有噼噼啪啪的声音传来，贝克嘿嘿笑了笑。引燃层也点着了。松针和树枝的潮湿慢慢变成了蒸汽，冒了出来。

戴安往后挪了挪，好让贝克和妮卡凑近一些。小小的火苗不断往上飘，点燃了最上层的木柴，火堆上方的空气已经有些热度了。

"注意哟，别把旁边的草地点着了。"贝尔说。戴安点点头。

贝克将手伸进背包里面的口袋，掏出了压缩干粮和一袋硬糖。

"这是身体的粮食。"

身体当然需要补给营养。贝克知道，只要停下来不动，他们很快就会觉得又累又饿。硬糖可以提升身体的血糖水平，防止情绪低落。

贝克靠在树干上坐好，轻轻闭上了眼睛。

帐篷口是戴安生起的火，帐篷里面暖暖和和。在接下来的几个小时里，他们就要暂时栖身于此，熬过西伯利亚冬天的严寒了。

贝克看看表。天已经暗了。最多半个小时，外面就会黑透。

等天黑后三小时再行动。要让索科洛夫的人吃完饭，安心准备过夜。要让他们相信，这又是一个再正常不过的晚上。

要让他们到最后一刻才反应过来，他们错了。

贝克设定好闹钟，闭目养神。

第十二章

黑暗袭来

贝克看着两个模模糊糊的身影站在他的前方，周围一片昏暗。天气预报说，今晚阴天，头顶只有一弯月亮。他们身处树林中，树木遮天蔽日，光线更暗。

“准备好了吗？”

“准备好了。”两个声音回答说。

“好的，现在……就还有一件事情要做……”

他已经跟两个女孩打过招呼。戴安和妮卡几乎看不到贝克，但他从她们的说话声和移动的身影可以判断出，她们现在是背对着他的。

贝克站到火堆旁，用尿浇灭了火。

“有一点点余烬都可能引发火灾……”他听到戴安在小声嘀咕。妮卡咯咯笑了起来。贝克咬着牙继续撒尿。戴安说的对，灭火是必需的。否则，糟糕的话，会引发一场森林大火，最不济也会把临时搭建的帐篷点燃，到时候，刚才那棵当作靠山的树就会被烧成灰。发生哪一种情况都不好。

离开帐篷前，他们各自煮了一杯松针茶。有火可以烧开水，松针是现成的。茶水的温暖现在还停留在胃里。贝克又吃了一块糖，为接下来的行动做足了准备。

帐篷会慢慢塌掉的，不会太久。他不需要额外做什么了。

指南针表盘上发光的指针帮他找到了方向。

“跟我走。”

出发前贝克就确定了路线。天太黑了，没办法看地图，也没办法找路标，GPS 也用不上——GPS 只适合从一个点到另一个点，走直线。

建筑群在南边，他们往东走。

往南走的话，树林之间以及贝克想要到达的地方都有太多空地。往东走，下缓坡，一路上都有树，能直通水边。

不过，晚上在树林中行走可不那么容易。他们没办法判断距离。就像在大雾中，你根本不知道哪儿是左，哪儿是右。一切都是黑乎乎的影子。就算是白天，在树林中行走也要当心，地上可能有坑，会扭着脚，还可能有藤条或爬行动物，把你绊倒，摔个嘴啃泥。

摸黑走森林要难上十倍，唯一能指望的就是指南针。

贝克折了一根长棍用来探路。每走一步，都先用棍子敲一敲地面，然后将棍子抬到和膝盖差不多的高度，来回舞动一下，这样能避开非常明显的危险，比如撞到树上，被灌木丛绊倒，或是踏进爬行动物、树枝等在地上布下的雷区。不过，用这种方法走路速度很慢，而且万一有和他们身高差不多的树枝突然横出来，就会碰一脸冰冷的松针。

他们暂时还能看到彼此，但已经不清晰了。身上裹着的白色被单现在成了一片模糊的灰白，引领着他们走出这片黑暗。妮卡跟着贝克，戴安跟着妮卡，亦步亦趋，每人只盯着前面小伙伴的背影。他们像几个幽灵，在树丛间寻路。棍子啪啪的敲打声、指南针和贝克的方向推测法就是他们全部的依靠。

“到九百了。”妮卡说。贝克一直等着她们数到九百。

“我才数到八百五十六。”戴安说。他们透过昏暗的光线看着彼此。两个女孩都在用小石子数数。贝克知道，在树林中摸索前行，大家的步频会不一样，他只顾用棍子引路，没办法数数，所以，这个工作交由两个女孩来做。等数出来之后，他取一个中间值就行。

贝克在心里算了算。

“平均值是八百八十八，”他说，“好啦，再往前走十二步。”

走完十二步之后，他们向右转——按照指南针的测算，这个时候他们面向的应该是正南方。

地势有没有变低？光线不足，没办法判断。斜坡只有 30 米，从建筑群后面的高地开始，一直延伸至湖边，而且坡度不大。

气压有些许变化，贝克感觉到耳膜有些不舒服，他又吞咽口水试了试。耳中有啪嗒声，他很开心。这是好迹象，说明地势变低了。

突然间，眼前的树全都不见了。贝克赶忙停住了脚步，妮卡一时间没反应过来，撞到了贝克身上。

“坏了。”贝克嘀咕道。

他数得太慢了。大家还在斜坡上，可已经走出了树林，现在树木在他们的左侧。前面只有空地，一路延伸至湖边。建筑群在他们的右侧，灯火通明，照亮了树木和冰雪。围墙顶部全是灯，光亮围成了一圈。

“往后退五十步，”贝克小声说，“再来一次。”

大家向左转，重新回到树林中。

“一，二，三……”

他们往正东走了五十步，贝克依然用棍子探路。大家再一次往南转。

五分钟后，他们走出了树林，直接到了湖边。

“这次很准确！”戴安小声说。

“还凑合。”贝克嘀咕道。

他们这才清楚地看到彼此的脸。

只是……也太清楚了吧！

天气预报有偏差。头顶有几颗星星，一弯月亮将银色的光洒满了整个冰冻的湖面。

贝克能够看清两个女孩的脸，他知道，戴安也发现了问题所在。

妮卡反应慢一些，因为她的眼睛一直盯着灯火通明的建筑群。此时，建筑群就在他们的右侧，紧挨着白茫茫的冰原——冻得结结实实的冰。船屋成了一个黑色的长方形，比围墙高，影子直接投射到了白色的冰雪上。窗子里的灯灭了，船屋里没人。建筑群的其他地方一目了然，就像大白天一样，妮卡的爸爸就在其中某个地方关着。

妮卡将目光移开，看着两个小伙伴。

“我看得到你们……”

她大口喘气，抬头瞅了瞅帮倒忙的月亮。贝克发现，绝望慢慢涌进了妮卡的眼睛。如果她能看到贝克和戴安，那其他人就能看到他们仨，接近建筑群就会更加困难。

“无论如何我们都得进去，”贝克轻声承诺，“不过，现在不行。”

三个小伙伴蹲在树林边缘，几米之外就是湖，即便身上裹着白色的被单，也依然很显眼。身体会挡住光，黑色的影子会在冰上移动，只要眼睛不瞎，任何人都会注意到三团移动的阴影。

贝克抬头瞪着天空。天气预报说得倒也没错，地平线周围已经聚拢起一团团的云。头顶没有云，这只是暂时的。也许上方几千米的高处有气旋，两个气旋相互作用，将云吹散了。

天空没有云的地方好像一直在动。几公里之外，一团团的云在慢慢向他们靠拢。云的最前端已经和银白色的月光混在了一起。再往外看，云层特别厚。

“现在怎么办？”妮卡小声说。

“等，”贝克歪了歪头，示意他们注意那团云，“等它。”

等？真让人窝火——走了这么远，现在却不得不停下来。可贝克似乎并不介意多等一会儿。他知道接下来会怎样。

他跟戴安和妮卡大致解释了一下。

“我们马上向湖边走，大约走 400 米，远离建筑群的灯光。然后转个弯继续往前，走到那些石头的对面。接着再往回走，重返湖岸边，三人排成纵队。这样咱们和建筑群之间就一直有石头挡着，他们看不到咱们。建筑群灯火通明，所以咱们能清楚地看到他们——你可能会有错觉，认为他们也能看到你，千万别紧张，其实他们什么也看不到。”

“就像你在黑暗中，”妮卡说，“往有灯光的屋子里看是一样的道理。你比屋子里的人看得清楚多了。”

“没错。”

他们安心等着更多的云飘过来。现在云团已经慢慢飘过湖面了。

“那个……”戴安突然发话。贝克闭上了眼睛。听声音，他知道戴安心里有话，不想说，却不得不说。他不知道妹妹是否猜到了他的计划。

“什么事？”

“咱们是要从船屋进去，对吗？”

“是的。船屋和围墙相连，所以一定有地方通往建筑群。船屋一端有船进进出出，我们也可以从那里进去。”

“可是那里肯定有门啊，不然谁都可以进去了。当然，也没什么人过来。万一有狼呢？保不齐他们走进船屋的时候会发现里面躲着几匹狼取暖呢。”

“我知道，船屋一定有门。”贝克不反对戴安的说法。他已经做了一系列的推理，最后得出了唯一的结论。

“那……咱们怎么进去？”

贝克深吸一口气。

“我把门打开，你们从门里进去。至于我……从冰下面游进去。”

月光下，两个女孩呆呆地盯着贝克。

“船屋内外的水一定是通的，”贝克说，“不然里面和外面的水位就不一样了。我能确定，船屋的墙不是一直建到湖底的。所以，我可以从下面游进去。”

“你……你会……你会冻死的！”妮卡说。

“除非我带着一身水四处晃荡——否则，我向你们保证，不会冻死。”

“你疯了吧！”

“绝对不行啊！”

两个女孩异口同声否定了贝克的想法。

“这里是俄罗斯，”贝克平静地说，“冰泳是一项民族运动。”

“你会得低体温症的！”

“那也是三十分钟之后。我只需要三十多秒就够啦。”

其实除了这些，还有很多危险，只是贝克懒得和她们解释。冷激反应会让胸肌收缩，肺部的空气会强行排出。血管极速收缩，也就是说，贝克体内的血管会剧烈收紧，输送到心脏的血液是正常时候的两倍，因此，心脏要加倍工作，若出现不测，可能会突发心脏病。此外，因为极度寒冷，大脑会出现意识模糊的症状，最后会让他在没有空气的黑暗中迷失方向。

他又抬头看了看，云团离月亮已经不远了，一条银色的光带正在慢慢接近那弯新月。

月亮慢慢在天空中消失了，就像逐渐消失的笑脸。云团继续涌来，月亮的光越来越暗，最后在云团后面模糊成一片光晕，完全不见了踪影。黑暗袭来，建筑群成了唯一的光源。

“咱们出发，”贝克说，他站起身，“跟我来。”

妮卡再次尝试制止他。

“你不是说冰面得有 8 厘米厚才能禁得住咱们吗？”

“我是这么说的。”

“所以这儿的冰有 8 厘米厚？”

“至少 8 厘米。”

“那……那你怎么将冰面破开？”

“还不能有声音……”戴安补充道，“我是说，如果在船屋旁边将冰面砸破，一定会被他们听到。毕竟冰层有 8 厘米厚呢，”说着，她用手指比画起来，“这么厚。”

“我知道哪儿薄。跟我来。”

这一招会打他们一个措手不及，戴安心想。

戴安、妮卡和贝克排成纵队，在黑暗中摸索着向湖岸走去。石头挡住了视线，他们看不见建筑群，建筑群那边也看不见他们。

“要是拍视频，我们就不会这么排队了。贝克会在中间，因为他最高。我们俩跟在他两边，比他稍微靠后一些。这样我们三人就会像箭镞一样，直奔那帮坏蛋而去……”

可现在，戴安只能在脑海中想象这个画面。也许有一天她可以重新摆拍，等这一切都做完，等这个故事有皆大欢喜的结局。

想到皆大欢喜的结局，感觉真好。

一块块的冰平整得像镜子，上面盖着薄薄一层雪，雪暴露了冰面上细微的隆起，这些隆起只有几毫米高，冰块会在隆起处断开，在湖面上漂动，彼此相撞，最后再次冻结起来。他们的靴子是专门用来走雪地的，抓地力很好，三人都知道如何在冰上行走——迈小步，身体微微前倾，重心放低，保持在两脚的正上方即可。

贝克带领两个女孩走在冰上，沿着弧线转了半个圈，从湖心慢慢向湖岸接近，一切都按照之前的计划进行。他说得没错，走在冰上，会有种暴露在敌人面前的感觉。戴安觉得，每走一步，都有一双无形的眼睛在盯着她。眼前就是建筑群，就这么走在冰上真是不容易。她总觉得有人在看自己。戴安想要弯下身，躲一躲，悄悄溜到一边，不能再这么毫无遮挡地走在冰面上了。

前行的目标是那些戳出冰面的石头，离湖岸大约10米远。建筑群里的人无论怎么看，都看不见这些石头背后是什么情况。石头只有几米宽，但连起来有400多米长，三人可以排成一列步行向前，这样就不会被发现了。

在建筑群灯光的反衬下，眼前那些石头都是暗影。戴安心想，要是在以前，到了夏天，住在别墅里的孩子们一定很开心，他们可以到湖里嬉戏，可以游到这儿来晒晒太阳。

而此刻住在里面的人，她觉得不可能有这样的童趣。

她突然希望自己没有想到“戏水”这回事，因为这提醒了她接下来的任务。

“哦，贝克，求你了，还是别跳进湖里吧！”

可她知道，他一定会跳下去。

如果这个世上只有一个人她信得过，可以这么做，那就是贝克。

贝克举起了一只手。

“现在要小心了。”大家放慢了脚步。

船屋其实也可以用来遮挡，但贝克选择躲到石头后面，不躲在船屋附近，还有一个原因——戴安踩到了贝克刚才说的冰面比较薄的地方。如果你要在结冰的湖面上行走，一定不要走湖边，还要远离戳出冰面的石头。湖边和有石头的地方冰都比较薄。这也意味着，如果不小心，会在毫无防备的情况下掉进冰窟窿。

“好啦，”贝克说，“你们俩在这儿等着。我一个人往前走，这样重量会更轻。”

戴安慢慢蹲下身去，和妮卡一起等，虽然此刻她很想跑上前去，一把抱住贝克，可她不能。她看着哥哥白色的身影跪在冰面上，在一点点靠近那堆石头。

受压面积增大，她心想，单位面积的压力就更小……

到了石头旁边，贝克停了下来。戴安听不清声音，也看不清动作，就在这时，耳边传来咔嚓一声响。

贝克在用冰斧砸湖面。动静很大，感觉就像一瞬间全世界的窗玻璃都碎了。

三人默默等着敌人的反应。他们都看不见建筑群，因为中间挡着石头。他们不知道是否有人听到湖面传来了奇怪的声音，然后出来一看究竟。其实这个时候戴安心里已经有了答案——如果那些人被惊动了，他们没必要蹑手蹑脚出来，不是吗？他们会有很大的动静，会大喊，会大吼，会有警报和铃声。

三人没有偷看建筑群。

又是一声响。

继续等待。

接着，最后一声咔嚓传来。

“砸开了。”贝克小声说。戴安听到了哗啦啦的水声——贝克在用冰斧的把手撬出冰窟窿里的那块冰。

那团模糊的白色身影动了动——贝克站了起来。

“没事，咱们继续。那个……你们扭过脸去，别看这边，好不好？”

第十三章

嘟嘟嘟——持续忙音

湖水的情况比贝克原来想的还要糟。

寒冷就像一道铁箍，紧紧捆住了他，而且越勒越紧，直入骨髓。他感觉头骨被紧紧钳住了，脑浆简直都要从耳朵里出来了。他知道什么是痛苦，以前也有过多次体验，却从不像现在这样强烈。

贝克使劲儿伸展身体，好让背包也沉到冰面以下，他强迫自己不停踢动胳膊和腿，做出蛙泳的动作。因为强烈的呼气需要，身体开始发抖。

用力踢。

他跟自己说过，不能向身体的冷激反应投降，可现在他根本无能为力。他觉得肺部被什么力量完全控制住了。

贝克紧闭嘴巴，挺起胸肌。他不能呼气，他要把气体保存在体内。

慢慢地，身体的痉挛消失了。

然而，新的危险接踵而至。心脏因为超负荷工作在拼命跳动。不知道这样超负荷工作能维持多久？多久后心脏会停止跳动？他也许会突发心脏病，随时都有可能，就在冰水中。

除了不停游泳，他无计可施。贝克咬紧牙关，不停地往前挥动胳膊，往后踢腿，让整个身体在水里游动。如果能给身体找到一个节奏，那就能给心跳找到一个节奏。

继续踢腿。

除了这些，还有一个水下游泳的人都会面对的可见度问题，尤其是现在，水中的可见度几乎为零。贝克发现根本无法辨别方向。在冰下游泳，四周一片漆黑，方向感全无，耳边只有湖水的涌动声和冒泡泡的声音。他找不到任何提示来判断自己的方位。他得确保游动时左右两边用力完全平衡，如果某一边力度偏大，身体就会往左或往右偏移。一个小小的失误就会使他远离船屋，最终游向岸边或湖心。当然，也许还没到达任何一个地点，他就已经溺水，彻底困在无法破开的冰面之下。

判断哪儿是上哪儿是下也很难。他是可以呼气，因为无论如何泡泡都会往上漂，他只要跟着泡泡的方向游就能找到“上”，可他不能，他需要把空气保存在体内。这种情况下，湖面结冰反倒帮了忙。他的身体总是往上漂，他时不时会感觉到背包碰到了上方的冰。只要能感觉到冰，他就知道哪个方向是上了。

继续用力踢。

他现在无法沿着直线往前游。他得躲在石头后面，刚才是在石头后面砸出的冰窟窿，这样岸上的人才不会发现他。也就是说，船屋和他之间有石头挡着，他得绕开石头游过去。

这一点他在跳进湖水之前就已经计划好了，当时他在用力呼吸，平复紧张的情绪，让肺部充满空气。他大概知道每踢一次腿身体会往前游多远。所以，只要在水下踢四次腿，他就能远远离开石头了。然后，身体往左转一半，选择 45 度角的方向往前游，这个方向正对着船屋。

现在他已经调整好方位，对准了最后的目标，所以，剩下的就只有游泳了。一开始的四次踢腿很容易。

真的这么容易吗？

贝克再次用力踢腿。

咦，这是第四次还是第五次？他已经数乱了。水下太冷，大脑根本无法正常思考，连这么简单的数字也记不住。现在在水下，没办法数衣兜里的小石子。唉，哪有什么衣兜啊！裤子早脱下来了，连同小石子一起塞进了背包……

坚持住！贝克拼命告诫自己。他已经算出距离，也算出了游泳的方向和踢腿的次数，但现在要把这些细节全都装进逐渐缺氧、只想昏睡过去的大脑。他唯一能做的就是让大脑运转起来。

就当刚才是第四次踢腿好了。该转身了。这也是最有技巧的一部分。他只能大概估计自己是否对准了正确的方向。他故意只摆动右胳膊，踢动右腿，这样就可以让身体转个方向。接着，他又开始了双手双脚并用的节奏。

用力踢腿……

只要再做十组动作就完成任务了，他心想。要慢，要稳，每组动作结束的时候双腿并拢，双臂伸直靠在身体两侧，让身体呈流线型，借助推力往前移动一点点。一组接着一组，继续进行。

继续踢腿……

坚持向前。咦，是需要十组还是需要十二组来着？该死……这些数字说着说着就混了。

坚持住！他再次默默对自己说。不用纠结数字了。就当是十组。就算需要十二组，又怎么样？不过多出两组动作而已。

天哪，好冷啊……

继续用力踢腿……

做到第八组的时候，他冷得噘起了嘴，可那样子一点也不搞笑。他快成功了。

做到第九组的时候，他默默对自己说，还剩最后一组。只要游进船屋，他就知道，他胜利了。

就在这时，他感觉背包再次撞到了冰。

贝克不让自己慌神。也许就是需要十二组。

十……十一……十二……十三……

他需要吸气。体内似乎有个声音在尖叫。贝克强行将这个声音压了下去。看来他之前的计算有误，此时他并没到达目的地。他还要继续往前游。背包又碰到了冰。

湖水里冰冷的泥沙突然裹住了他的胸口。

他被困住了。

他没有顺利到达船屋，而是游到了较浅的地方，下面就是湖底，上面是8厘米厚的冰层，肺部的空气最多可以再坚持几秒，大脑随时都想罢工……

再往前游一下。因为缺氧贝克的大脑已经浑浑噩噩，肺部也像灌了铅一样沉重不堪。他能做到的，不是吗？也许他只是穿过了湖里较浅的一片区域……

继续用力踢腿。

背包上方的压力突然消失不见了，此时，头顶只有水，没有冰。贝克没有停下来，继续逼迫自己思考。一想到索科洛夫的人正等着他呢，他无论如何也不能待在水下了。

他像一枚导弹一样，冲破了水面。管什么动静大小，管什么被人听到！贝克浮出了水面，再次呼吸到了空气，他贪婪地大口吸气。

建筑群的灯光不见了。眼前只有一片暗红和黑漆漆的奇怪形状，除此之外就是无边无际的黑暗。也许他们把灯全关了……

哎呀，笨蛋，你现在已经在船屋里面了！

贝克放下双腿，双脚刚一碰到湖底，感觉就像被火烧一样刺痛。四肢严重缺血，已经完全麻木了，碰到任何东西都会疼痛难忍。不过，贝克此时已经站直了，水位只有齐胸高。他顿时感到温暖的空气吹到了皮肤上，他抬起胳膊，感觉血液极速涌了回来，就像千万根大大小小的针扎了上去。

贝克拼命辨认那些暗红色，原来，那是装在屋顶四周的暖气棒。

暖气！

现在他感觉到脸上慢慢热了起来。难怪这附近的水没有结冰呢，原来是有暖气！离他最近的黑色影子是一块和他的头齐高的木板。

贝克伸手去抓木板。

双手还是麻木的，此时只有刺痛感，他只能靠胳膊的知觉去触碰。他用力一跃，从水里爬了出来，躺在了木板上。贝克全身都在发抖，胸部急促起伏，他在拼命呼吸，恨不得把很多很多空气吸入忍耐许久的肺部。最后，他任由全身打冷战，在水下，整个身体都强忍着，现在总算不用再忍了。

他一辈子都不会忘记刚才那种感觉——困在漆黑的湖水中，脚下是湖底的泥沙，头上是厚厚的冰，他以为他逃不过这一劫了。贝克之前猜得对，船屋两侧的墙伸到了水面以下，但没有一直建到湖底，不过，离湖底也不远了，他刚才就是从墙壁和湖底之间狭窄的缝隙里挤进去的。船屋的位置比他原来想的要浅。

暖气非常给力，他感觉到身体慢慢暖了起来。可是，变暖的方式不对——现在是由外到内变暖。首先需要升温的是身体，要想让身体快速回暖，现在只有一个办法——把身上的水擦干，而且要动起来。

所以，贝克强忍着全身肌肉灼烧般的剧痛，努力站起身，靠知觉拉开了背包，一个人蹲在黑暗中。针扎的感觉慢慢消失了。现在一碰到东西身体就觉得好痒，他差点笑出声。

他小心翼翼地把背包里的东西全部掏出来。如果哪一根麻木的手指出了错，重要的物品就会掉进水里。他觉得自己没有勇气再跳进去了。

他首先拿出来的是用橡胶套包着的步话机。黑暗中，电源灯成了一个绿色的小圆点。贝克什么也没说，只按下了对讲键，一秒钟之后松开，片刻之后，他又按下了对讲键。无线电传送出两个连续的忙音。两个忙音，并非一个，也就是告诉对方，这不是信号问题。

就算索科洛夫的人碰巧在同一波段，两个连续的忙音也不会让他们起疑心。

贝克等着回复。稍后，戴安和妮卡发来了两秒钟的忙音。信号很简单，但他知道，两个女孩现在一定是在黑暗中嘿嘿傻笑呢。

没一会儿，贝克就擦干了身体，穿上了衣服。现在还不是庆功的时候，最大的挑战还没开始。

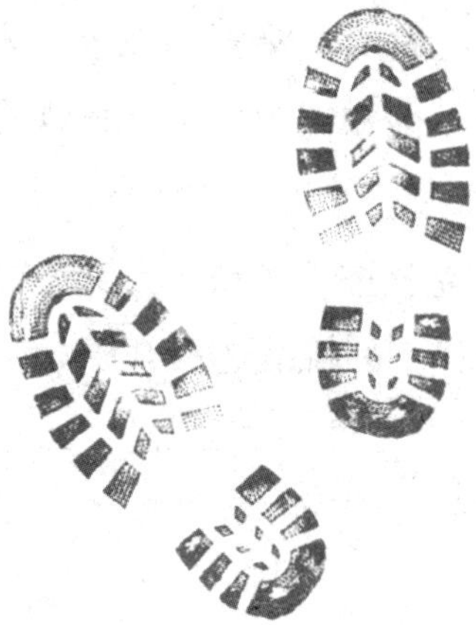

第十四章

船屋团聚

船屋中间有一块长方形的区域，那是开阔的水面。另一端还有一块木板，和贝克身下这块一样。两块木板之间是金属的卷帘门，方便船只进出，他和戴安猜到了这一点。现在卷帘门已经拉了下来，被水淹没。

两块木板大约 5 米长，刚好和船屋露在水面上的长度相当。船屋在岸上的部分有 10 米，直接和建筑群的外墙连在了一起。很明显，这一部分是用来储藏东西的，贝克决定看看里面藏了什么。

不过，现在他要先对付卷帘门——全是金属板条，可以卷上去，也可以放下来。贝克在船屋外面的时候，就知道冰已经冻住了卷帘门，但船屋里有暖气，没有结冰，所以，卷帘门应该没有被冰封死。只有一个办法可以确定门能否打开。

卷帘门的控制按钮是一个简单的操作杆，安装在墙上的开关盒里。他不认识俄文，但是操作杆只有三个选择——上、中、下。现在在中间，所以他试着往上推了推。

卷帘门拉紧了，随后发出了嘎嘎的机械声，就像有人在大喊：“有人闯进船屋了！”贝克收回了手，没有继续往上推。单是外侧的冰就足以将卷帘门死死封住。如果他强行把门卷起来，发动机就有可能烧坏。

他停了片刻，五秒钟之后再次尝试，卷帘门动了吗？

再试一次。贝克在心中默数：一只羊，两只羊……

冰咔嚓一声断裂，卷帘门挣脱了冰的束缚，开始慢慢往上卷。看到卷起的空隙有1米左右，足够两个女生进来，贝克把操作杆推到了中间的位置。冰冷的空气立刻钻进了船屋。贝克再次掏出步话机，也发了一个两秒的忙音。这次的意思是“进来”。

趁两个女孩穿过冰面，钻进遮板的时候，贝克开始研究船屋里的东西。

离水面最近的木质地板上有两艘小艇和一艘快艇，因为是冬季，它们全都处在待命状态。船屋内还有各种各样的设备，要么放在架子上，要么放在柜子里，要么随意丢在一边。帆布下盖着几样东西，看上去很大，形状很奇怪。贝克掀开帆布，偷偷看了看，琢磨了一会儿，他觉得像是摩托车。他看到了单个的车前灯、车把手、巨大发动机上的皮质座椅。

接着他看到了座椅和发动机下面的滑雪板，以及单履带的轮子，就像坦克一样。哦，不是摩托车，是机动雪橇。

一共三辆。

雪橇的车把和摩托车很像，直接连在两根雪橇上面的横杆上。单履带上有很深的压痕，方便抓住冰雪地面。有了这种交通工具，在冰雪地面前行也如履平地。贝克和戴安在落基山一带骑过机动雪橇，别提多好玩了。

现在可不是回忆美好过往的时候。机动雪橇正对着一扇大的推拉门，推拉门连着船屋的墙。打开推拉门，外面就是湖岸了。这不好，和贝克的计划相悖。他们三人本打算溜进建筑群救出马卡连科之后，神不知鬼不觉地溜走的，但是机动雪橇就在船屋放着，索科洛夫的人很容易就会抓住他们。贝克需要让这三辆机动雪橇无法使用。这个先放着，等有机会了再处理。

船屋的后墙上还有一扇大推拉门，机动雪橇和船只可以从这扇推拉门里进出。推拉门上有一个专门让人进出的小门，这里肯定是船屋和建筑群外墙相连的地方。从门里可以直接进出建筑群的围墙。

如果门锁上了，那计划就全泡汤了。不过，就算上锁了，贝克也会想办法把门打开。要么撬锁，要么用别的方式。

他抓住门把手，轻轻推了推。

门开了一条缝，他透过门缝偷偷往里瞅。

贝克发现，眼前出现的是建筑群附属建筑的后墙。墙根堆放着一些木头，上面盖着帆布。也就是说，他看不到建筑群里面的动静，当然，对方也看不到他。不远处又传来了狗叫，接着有人在冲狗呵斥。很明显，狗叫不是因为他。

贝克歪着嘴，坏坏地笑了。索科洛夫本该把门锁上的，可他相信守卫人员在树林里就能帮他抓住贝克。他根本想不到贝克会逃过守卫，闯到这里来。

索科洛夫打着俄罗斯黑手党的旗号混迹于世，自认为天下无敌，无人能破，可这种自大恰恰成了他的破绽。

想到这些，一个糟糕的念头突然闯进了贝克的脑袋。不管怎么说，守卫已经知道他来了。他们到底是怎么知道的？

现在没时间顾虑这个。他又想到，阿尔伯伯跟他讲过，拿破仑曾经说：“当敌人犯下了致命的错误时，永远不要让他知道。”贝克现在觉得，这可真是个好建议。

所以，他得确保自己没犯什么错误才行。

他在帆布的遮挡下偷偷溜到了建筑群的围墙里面，躲在一个拐角处往里瞧。

之前他看过建筑群的卫星图片，也从山顶上俯视过，所以，基本结构他很清楚。中间是别墅，很大的木头房子，围墙边是较矮小的房子。现在是平视的视角，要稍微适应一下。乍一看，总觉得一切都比想象的要大很多。

整个建筑群灯火通明，每一栋楼的外面至少有两盏照明灯，而且都开着。这么看，索科洛夫也不是个莽夫，贝克心想。不过，灯都是照向建筑物里面的，贝克现在藏身的地方一片漆黑，贴近墙根的地方是一圈暗影。贝克他们三人只能在这些区域活动了。

救人行动进入了攻坚阶段。无论如何，贝克都得弄清楚马卡连科被关在了附属建筑的哪一处，然后再把他救出去。

詹姆斯跟他确定过，马卡连科不会在中心的别墅里。在行动之前，贝克、戴安和妮卡跟詹姆斯通过卫星电话，讨论过这些细节，詹姆斯从过去的生活中信手拈来经验和推理，好像他说的都是常识，地球人都应该知道一样。妮卡听得一愣一愣的，简直无法相信自己的耳朵。

“那是索科洛夫的家，”詹姆斯如是说，“是他的宫殿，他的私人官邸。能够进去的绝对只有少数几个人。他不会让你们的朋友进去，索科洛夫要羞辱马卡连科，要把他单独关在一个地方。所以，你们的朋友一定在附属建筑的某个地方，而且很可能是混凝土的建筑——和木屋相比，从混凝土建筑中逃走的难度要大得多。”

贝克悄悄关上了门，回到了湖边。卷帘门下，冰和水之间有一条明显的分界线。他趴在木板上往下瞅，等着另外两个熟悉的身影出现在黑暗当中。

她们来了。和刚才接近石堆时一样，一前一后，偷偷靠近船屋，而且始终躲在船屋后面，生怕被建筑群那边的人发现。

“小心啊，”贝克看到她们离自己越来越近，赶忙提醒，“卷帘门得和冰面分开，附近的冰可能已经裂开了。”

两人停下脚步，戴安一个人往前走，放慢了速度，每一步都非常小心，确定冰面禁得住自己才把脚迈出去。冰面一动不动。她从卷帘门下面钻进了船屋，把背包递给贝克，里面有她自己带的东西，还有贝克潜入冰水前，塞进去的不太急用的东西。贝克接过背包，默默拉了她一把，扶她爬上木板。然后他重新趴到卷帘门旁，等着帮助妮卡。

黑暗中，三人再次站在了一起，他们本能地靠近，彼此相拥。

“我从来没有这么担心过你！”戴安趴在贝克肩头，小声说。

贝克把戴安抱得更紧了。

“哎呀，咱们一起钻过水下的洞穴啊！”

“话是没错，可那个时候我和你在一起啊。”

贝克想到了妮卡。她可不是来欣赏兄妹情深的。

第十五章

暴露目标

“把人关在哪里最合适？当然是安全的大楼里，比如我眼前的这栋……”

戴安的脑海中突然出现了这句话，这是她的本能反应。虽然眼前危险重重，但她还是在为视频配文字解说——有一天，她会把这一段录下来的。她要为这里的建筑群做一段电脑特效。她希望自己有时间且能安安全全地拍摄一些相关照片。可现在不能，一切都只能靠大脑记忆。

妮卡就在她身后，戴安趴在附属建筑一角偷看，附属建筑挡住了整个建筑群。

木制别墅里亮着灯，站在这个角度，她可以看到两栋附属建筑，另一栋在 10 米之外。

那是一栋混凝土建筑——按照詹姆斯的推测，马卡连科很可能就关在里面。

此时，贝克蹲在地上，像一个脚蹬起跑器的短跑运动员，随时可能冲向另一个方向。他抬了抬腿，摆好姿势，准备冲出去。

不过，他还不能，得等一下。有情况……哦，不是情况，确切来说，是一个人。

这个人从戴安身后向他们走来。他们先听到了声音——那人在吹口哨。

接着，他们闻到了气味——他在抽香烟。

最后，他们看到了这个人。他裹着厚厚的冬衣，但还是冷得缩成了一团。冷就冷吧，倒也无所谓，反正他也不需要伸出手摆弄那把全自动手枪。

詹姆斯之前还跟他们说过：“巡逻都是定时的，他们喜欢每十五分钟或半小时巡逻一次自己的片区，只是你不知道他们什么时候开始，但这也意味着，只要看到了巡逻的人，至少接下来的十五分钟里，附近就不会再有人巡逻了……”

三个小伙伴潜伏在小屋后面木头堆的阴影里。现在那个巡逻的人离他们只有大约 5 米远了，但他没再往前走。他缩着脖子，看了看阴影处。他的脸冷得皱成了一团，似乎很痛苦，根本不想离开灯光明亮的大路。他走到了大楼的另一侧，转眼不见了，贝克他们三人靠着他的口哨声判断远近。他绕了一圈，又回来了，但这次是背对三人的。

他们等着他走过，越来越远，从视线中消失。接着，三人相互点点头。贝克晃一晃步话机，妮卡也晃了晃。下次他们再听到两秒钟的忙音时，就意味着“找到马卡连科了”。

他们没有确定“没找到”的代码是什么——他们是绕着建筑群相背而行的，如果没有找到，绕回来的时候会再次碰头，因此不需要代码。

“被抓”也没有对应的代码。如果真有这种情况，索科洛夫的人一定会弄出很大阵仗，到时候没有被抓的人也就知道了。

三个人挨着墙根的暗影区域，朝相反的方向偷偷前行。

妮卡和戴安的第一个目标是离她们最近的附属建筑。附属建筑背光的一侧正对着围墙，这一侧有扇窗。窗子很小，不像是采光用的，更像是为了通风而设。

窗子太高了，两人即便踮起脚也看不见里面的情况。妮卡将手握成杯子的形状，挑了挑眉毛，这是在无声地问妮卡，她们俩可不可以叠罗汉？

妮卡想到了一个更好的办法。她掏出相机，打开摄像按钮，然后将相机举到窗边，镜头朝下，慢慢转动镜头，尽量将屋子里的所有地方都拍进去。接着，两个女孩迫不及待地瞪着眼睛看相机拍摄的视频。

很不走运，屋子里一个人也没有。这一处建筑似乎只有一间屋，里面塞满了电脑设备。也许这是索科洛夫的机房，把马卡连科这样的安全隐患关进机房显然不适合。

戴安把相机收回来，按掉了开关。她们面面相觑，妮卡耸了耸肩。

两人朝下一处建筑前行。

这栋建筑结结实实，没有窗子，到处都是电缆，而且时不时有电火花。戴安觉得这应该是建筑群的配电房。这里也不适合关人。

继续前进。

第三个地方靠墙的一侧没有窗子。只能绕到另一侧才能看到里面的情况，可如果那样，就会完全暴露目标。

戴安深吸一口气，定了定神，尽量紧贴地面前行。离开阴影区之后，她们几乎趴在了地上，尽量避免被大楼外面的路灯照到。

她们爬到了对面，发现了一扇门和一扇窗。窗子是关着的，上面有一层雾气，拉着窗帘。

窗子上有铁栅栏。

屋里的灯亮着。

戴安绞尽脑汁想办法。除了进去之外，怎样才能看到里面？她无计可施。也许可以把门扒开一条缝，然后把相机塞进门缝里？

如果动作够快，里面的人或许以为是风吹开的门。

可要是门锁住了怎么办？

就在她苦思冥想的时候，妮卡突然吹起了口哨。

戴安急忙转身，恨不能冲她大吼："你干什么？"可她忍住了。

屋里的灯灭了。突然间，窗帘动了动，然后被拉开了。一个人影在满是雾气的窗边移动。接着，一只手将窗子上的雾气擦掉，里面露出的正是格里戈里·马卡连科惊恐的脸。

嘟——嘟——

戴安通过步话机发出了信号。

妮卡紧贴在窗玻璃上，看着爸爸，父女俩之间仅仅相隔几厘米和一块窗玻璃。当然，还有去不掉的铁栏杆。

马卡连科一身厚厚的户外打扮。戴安猜测，那帮人肯定没有把屋里的暖气打开。不过这样也好，把他救出来的时候更有利。

马卡连科眼睛上有一大块乌青，嘴唇肿胀，看来绑架者没有手软。不过，他活动起来很自如，没有表现出疼痛的样子，骨头应该没有被伤到。

大家都默不作声，此时说话不安全，也没有必要。马卡连科脸上的表情非常复杂，有高兴，有惊讶，有担心，也有恐惧，真是五味杂陈。

戴安心里暗暗感叹，妮卡刚才这招实在太险，居然吹起了口哨。口哨的音调是父女俩一起演奏的那首曲子。她们之前听到守卫也吹过口哨，所以有口哨声应该不突兀。人人都可以吹口哨，就算有人听到，也会以为是其他守卫吹的。

但对于马卡连科来说，这声口哨就不一样了，他会想起最后一次见到女儿时的情形。

戴安的步话机响了两声忙音，贝克已经收到消息了。现在大家要回到船屋那边——他们把块头大、动静大的工具都放在船屋里了，救马卡连科需要这些工具。

戴安往前挪了一点，默默拽了拽妮卡的外套。马卡连科一直在看妮卡，发现妮卡身旁还有戴安，他更吃惊了。戴安用手比画了一下，算是打招呼，然后就把妮卡拖到了建筑后面的阴影处。

黑暗中，戴安仍然看得到妮卡笑得很开心。

好啦，咱们还没完成任务呢，戴安想提醒妮卡。

但她知道，不用她提醒。

两个女孩沿着原路折回，一直躲在暗影中。戴安凝视着建筑群对面。那是什么？离她们50米的地方，好像有个人影在向她们靠近。是贝克从他那边前往船屋吗？没错，太棒了。

就在这时，她们身后再次响起了口哨声……

妮卡和戴安迅速做出反应，躲到了唯一可以藏身的地方。那是一堆垃圾桶，周围飘着腐烂食物的气味。戴安在心里暗暗埋怨自己。她本应该警觉一些。

从刚才看到那名守卫开始算，差不多过去十五分钟了。詹姆斯说过，他们很守时，而且很明显，他们还喜欢沿着相同的方向巡逻。也就是说，现在这个家伙就在她们身后，和她们往同一个方向走。戴安本应该留心周围的。

她不知道两次巡逻的是不是同一个人，但这位的专注度和敬业度似乎和刚才那位一样，也就是说，两人是一样的不负责。妮卡和戴安透过垃圾桶之间的缝隙向外偷看。守卫只走有灯光的路，偶尔瞟一眼周围。又是一个应付差事、想要尽快回到温暖小窝的人。

那个人从她们身边晃过去的时候，戴安和妮卡屏住了呼吸。她们可以过几分钟再行动。黑暗中，戴安冲妮卡嘿嘿一笑，两人准备等守卫过去再往船屋方向前进。

突然间，电子产品的嘀嘀声划破了黑夜的宁静。声源好像就在两个女孩附近，听上去不清楚，音量也不大，但足以引起守卫的注意，他立刻停住了脚步，开始四处寻找。

嘀嘀声还在继续。妮卡盯着戴安，着急地用手比画，动作很奇怪。戴安皱起了眉头。什么意思？她再次从垃圾桶后面偷看守卫。他不再打电话了，眼睛直勾勾地盯着垃圾桶，慢慢往这边走来，双手举起了枪……

戴安的心迅速下沉，惊恐万分。原来，嘀嘀声是从她这里发出来的！

第十六章

贝克！我们来了！

戴安用力拽上衣，往衣兜里摸相机。刚才的嘀嘀声是相机在提醒电量过低。他们早晨出发的时候电量还是满的。室外温度太低，电池电量流失得特别快。

戴安又内疚，又恐惧，看着妮卡。接着，她扭过头看守卫。她在暗处，守卫还不太能看清她们。至少到现在为止还看不清，可一旦他靠近垃圾桶，眼睛不再被强光影响，两个女孩就藏不住了。现在她们一点办法也没有。

不对……

戴安突然看到了妮卡脸上的决绝。

就在这时，她的朋友站了起来，双手举过头顶。这突如其来的情况把警卫吓呆了，他直接拿枪对准了妮卡。接着他嘿嘿笑了起来，大声喊着一个名字。

一个男人的声音回应了他，只见另一名守卫跑了过来。

妮卡走到了灯下，离开了戴安。她和两个守卫呜呜啦啦说起了俄语，声音很高，几乎是歇斯底里的状态。然后，她哭了起来，哭得让人动容，任何不认识的人都会心生怜悯。

戴安听到妮卡说了几遍“爸爸”。她虽然听不懂俄语，但也大致猜到了内容——“我就是想见我的爸爸。求求你们，让我见见我的爸爸……”

那两个人笑了。戴安心想，这两个坏蛋也许就喜欢看小孩子哭，这样他们才觉得自己很厉害。她听到其中一人抓住了妮卡，要赶她走。另一个人嘴里说了句什么，三个人又停了下来，戴安继续听。好像两个守卫吵了起来。

他们没有把妮卡赶走，戴安揣摩着。这是为什么？妮卡站在原地，他们俩却吵了起来。

如果从暴徒的角度考虑，她就知道情况不妙了。戴安现在必须换位思考。

这些家伙很讨厌，也很多疑，但他们还不算笨。至少其中一人比较有脑子。

比如，他们会想到，一个十来岁的小姑娘是不可能一个人到达这里的。

她一定有同伙。

也就是说，他们随时都可能彻底搜查这一带，寻找妮卡的同伙，到时候戴安和贝克可就插翅难飞了。如果这帮家伙有目的地对建筑群进行全方位搜查，那他们兄妹俩无论如何也藏不住了。

除非……

这个时候，戴安脑海中飘过养父最喜欢说的那句内行话：别人要什么，就给什么。

戴安的嘴角微微上扬，这还是养父瓦尔卡塞尔第一次对她有用，可笑，可悲。

戴安的心怦怦直跳，嘴唇发干，双腿抖个不停，她从垃圾桶后面站了起来，双手举过头顶。看到这一幕，两名守卫和妮卡的惊讶程度不分伯仲。

戴安说起了英语。

“我投降！我投降，你们赢了。是我，我陪她来的，就我们俩。”

贝克躲在建筑群另一侧的黑暗中，咬着手指，瞪圆了眼睛。

刚才发生的一幕他尽收眼底，可他根本看不懂。难道两个女孩真的就这样放弃了？到底怎么回事啊？

不过，思考片刻之后，他恍然大悟。

一定是她们暴露了目标，但他不知道究竟是什么导致的。

所以她们才出此下策，因为她们别无选择。她们是在为他争取时间，让他去完成接下来的任务。

那就是救出所有人。

贝克半蹲在原地，开动脑筋，一个又一个方案像蒙太奇一样从脑海中飘过。他擅长的是在野外生存，而不是从坏人的据点救人。

两个守卫一人负责一个女孩，将她们押送到其中一栋附属建筑里。被铁栅栏挡着的窗子里透出了灯光。贝克看到窗帘被拉开了，窗子里出现了马卡连科的身影。

一个人抓着两个女孩，另一个摸索着找钥匙，把门打开了。戴安和妮卡被推进了屋，身后的门立刻锁上了。窗帘又拉了回去，三人见面的场景贝克看不到了。

贝克身体有些僵硬，一动不动意味着寒冷会慢慢将他吞噬。如果再行动，就得胸有成竹，就得比那帮坏蛋超前几步，可现在却被他们抢了先。贝克现在要做的就是把局面扳回来。

一个守卫对着无线电说了什么，接着，两人都站在那栋建筑外面等候了。

贝克眯起了眼睛。毋庸置疑，他们已经向索科洛夫汇报了突发情况。索科洛夫会怎么做?

他当然会来查看，会得意扬扬。

果不其然，有人朝这边走来。来者一共三人，一人大摇大摆走在前面，两人跟在身后。守卫见状挺了挺身板，似乎做了个立正的动作。

走在队伍最前面的那个人个子不高，但很壮实。这应该就是索科洛夫了。他戴着有护耳的厚皮帽，贝克看不清他长什么样，也没必要看清楚。这样的腐败分子他见得多了，之前不知道有过多少次交手的经历，他没必要再认识一个。

贝克想到了埃德温·布雷克，詹姆斯的外祖父。他有数不清的家产，手下掌控着千军万马。他的犯罪帝国横跨几个洲。贝克最后还是打败了他。

索科洛夫只是西伯利亚一个城市的恶棍，和埃德温·布雷克比，他算不得什么。

所以贝克并不害怕，他也没必要知道这个人长什么模样。

不过，索科洛夫依然很危险。他很可能比守卫疑心还重。他会命令手下的人进一步搜查，不放过任何闯进来的人。

因此，贝克下一个任务就是不被他们发现。

守卫开门让索科洛夫进去的时候，贝克已经偷偷逃往船屋了。既然大家的注意力都集中在一处，那他就往另一处跑。

贝克从船屋墙上的小门里钻进去，然后死死关上了门。目睹两个女孩被抓的时候他就在酝酿如何救她们出来了。他已经想了几分钟，计划已经初步形成。

他把一辆机动雪橇上的帆布掀开，迅速研究怎么驾驶。仪表盘上有一个银色的凹槽，没错，得有钥匙才能启动。钥匙……一定在不远处……

不一会儿，贝克就在一面墙上找到了金属的钥匙壁箱，里面有三把很相似的钥匙。他试了一遍，最后找到了最合适的那把。

他匆匆跑进船屋和湖岸相连的入口处，里面被插销闩住了，但没有锁。他拉开插销，用力推开了门。

最后，他顺手抓了几样东西——一把刀子，若干麻绳。刚进船屋的时候，他就已经侦察过了。

贝克面朝船屋之外，抬起一条腿，跨坐在机动雪橇的座位上，他轻轻拧动钥匙，仪表盘立刻亮了。几秒钟之后，发动机自带的自动调温器迅速提升机器的温度，贝克再次转动钥匙。引擎轰轰作响，一下子复苏了。这是四冲程的发动机，马力十足。船屋内的空气中立刻充满了刺鼻的尾气。

机动雪橇操作起来很简单，一边把手上是刹车，另一边把手上是油门。油门和刹车很像，都是一个横杆，手只要轻轻搭在上面就行。这种设计很科学，骑行的人如果摔倒了，油门立刻不再受压，雪橇就会停下来，而不会冲出去，完全失控。

贝克握了握油门的横杆，及时抬起了双脚。机动雪橇向前冲了出去，贝克死死抓住车把手不放松。如果双脚不离开地面，雪橇向前滑一段之后就会停下来。制动系统比他想象的要敏感。

他松开油门，雪橇立刻停在了船屋外的湖岸边。

贝克再次按下油门，这次动作轻了一些，然后拧动横杆，让雪橇沿着湖边坡面往上跑。雪橇慢慢稳定了。他找到了大灯开关，车前灯的白光立刻照亮了整个湖面。

贝克想起来了，这种机器没有离合，和汽车或摩托车不一样。发动机是全自动调控的，如果使劲转动油门控制杆，不停地转，雪橇的速度就会一路飙升，一直往前跑。

确认前进的方向没问题之后，贝克转动油门控制杆，让发动机加速，再加速，声音好大，只要在附近，就都会听到。

第十七章

破门而入的铲雪车

索科洛夫和他的手下全都拥进船屋，跑到了湖岸边，可这时他们只能眼睁睁看着机动雪橇的红色尾灯慢慢消失在湖面上。

索科洛夫一声令下，全部守卫都举起了枪。黄色的火焰立刻从四个枪口喷出，开枪的巨响在湖面上回荡。不过，他们手里的只是全自动手枪，子弹射程很近，不适合远程射击。四个守卫都没命中目标。

索科洛夫用俄语发号施令。那些人跑回船屋，将帆布扯下来，准备发动另外两辆机动雪橇。

三十秒钟之后，两辆雪橇都冲上了湖岸斜坡，每辆雪橇上坐着两个人。一瞬间他们就开到了冰面上。负责驾驶的两个人开足马力，雪橇很快便消失在了夜色中。红色的尾灯越来越远，最后也没了踪影。索科洛夫站在岸边，目不转睛盯着那片黑暗，看着手下的人追了出去。

贝克等着追兵。他仔细听着周围的动静，尽量保持平稳的呼吸。确定岸边没人了，他才偷偷从藏身的小艇上溜出来，重新潜入建筑群当中。

到目前为止，他的计划都很顺利。

他用麻绳捆住了雪橇的车把手，将麻绳的两端固定在座位上。所以，雪橇在撞到障碍物之前，会沿着直线一直往前冲。

接着，他把刹车捆住，系了个活结。油门上系了个双套结，然后尽量拉紧绳子，让发动机轰鸣，几近刺耳。最后，他后退一步，伸出手，轻轻一拉，将系在刹车上的活结去除。无人驾驶的雪橇就这么冲进了黑暗。

现在他得快速行动起来。他把背包背上肩头，匆匆忙忙跑到暗影处。

也许索科洛夫还在湖岸边站着，等着自己的手下回来；也许他已经回到了屋里。守卫一时半会儿还追不上贝克的雪橇，因为那辆雪橇是轻装上阵，另外两辆都载着两个人。不过，他们迟早会追上。也许雪橇刚撞到对岸的树上，就会停下来。

贝克不能再漫无目的地晃悠了。

他沿着刚才的路线，在建筑群外围迅速行动，在这个过程中他一直弓着身子。贝克之前看到的四名守卫都在雪橇上，不过，这里会有更多的守卫。

“抱歉啊，吉姆（詹姆斯的昵称），我们没执行命令……”贝克小声嘀咕。

一开始做计划的时候，贝克建议他们三人当中一个人负责分散对方注意力，其他两人负责救人。詹姆斯明确反对这个建议。

“分散注意力只有在一种情况下是可行的，那就是你们行动足够快，因为他们只要反应过来你们在干什么，就会推测出你们在掩饰什么，他们会立刻杀个回马枪。”

可詹姆斯推测的前提是一切都悄无声息地进行，没被对方发现。现在两个女孩已经被发现了。开弓没有回头箭，现在加快速度是最重要的。贝克已经分散了他们的注意力，所以必须在他们做出反应之前采取行动。

他很清楚自己要往哪个方向跑。

贝克从照片上获知，铲雪车在单独的车库里停着。刚进入建筑群的时候，他就注意到了那间车库，但没有进去。当时大家都在找马卡连科，又怕被对方发现，所以用不着铲雪车，可现在计划有变。

贝克靠近车库门前时，发现里面的灯亮着，卷帘门开着，而且闹哄哄的，好像有人在。贝克上前一步，一探究竟。

铲雪车像一台大拖拉机，四个车轮都有贝克那么高，前面还有大大的金属铲雪板。驾驶室就在车的前部，发动机在驾驶室后面，这样保证了司机的视野，可以一览无余看到前方路况。

车库的灯灭了，有人从卷帘门里走了出来。贝克在一旁偷看。这人没带枪，看上去不急不忙。贝克猜测他是一名机修工，不是暴徒。

只见那人按了按墙上的按钮，卷帘门开始往下降。

哦，不要！

贝克开始狂奔。现在没时间细想了。

等那人看到贝克的时候已经太迟了。和贝克相比，他个头更高，块头更大，单挑的话，贝克绝对不是他的对手，不过，贝克可不会跟他单挑。他一下子撞到那人身上，像掷出的飞盘一样，把那人撞倒在地。那人大口喘着气，不过，手已经松开了操作按钮。卷帘门离地面还有一米半的时候停住了。这时，机修工好像明白过来了，贝克赶忙爬起身，钻进了车库。

他砰地打开驾驶室的门，一屁股坐了进去，接着匆匆研究操作台。要是这家伙也像机械雪橇一样，用钥匙启动，那贝克就麻烦了。好在不是。他看不懂俄文的字母，但他大概猜得出仪表盘上那个大大的红色按钮是干什么的。

几个月之前，有人想要追杀贝克，他无路可走，最后被困在了瑞典北部的山坡上，好在侥幸逃脱了。如果当时他知道如何驾驶，事情就简单多了。

所以，脱离险境之后，他再次用上了缺少求生技能的唯一应对方法。

那就是学习。

贝克还不到法定驾驶年龄，不能开车上路，但他还是在条件允许的时候反复练习。现在他很清楚怎么样才能让车子动起来。

他按下红色按钮，车子毫无反应。

“该死！”他大喊一声，重重拍了一下仪表盘。车子外面，机修工已经慢慢爬了起来，开始踉跄着往前走，大声求救。

就在这时，贝克恍恍惚惚想起了什么。戴安的养母有一辆车，车内设置跟这个很像，也有一个按钮。要启动车子，脚要踩住离合器，同时手要按住按钮。

贝克再次尝试。铲雪车的发动机顿时轰轰响了起来。

卷帘门太低了，铲雪车没办法顺利开出去，不过，贝克有办法。仪表盘一侧有一个操作杆，虽然两边没有小图标，但操作杆的作用也不难猜——一边是升起铲雪板，一边是降下铲雪板。

贝克希望铲雪板此刻变成冲撞车，他把操作杆往上推，然后一边大叫着，一边重重踩下了油门。

“呀——！”

机修工及时做出反应，慌忙往后跳开。铲雪车冲破卷帘门，轰轰滚动着开进了建筑群。

驾驶室倾斜了一下，然后开始颤抖。贝克把铲雪板再次放下来，以便看清前进的方向，发动机加足马力。他要操作变速杆，先踩下离合器，然后尽力转换变速杆的方向。和以前他习惯的车型相比，这个操作起来难度大得多。发动机发出了咯吱咯吱的摩擦声，贝克感觉到铲雪车速度变慢了，接着，他再次把变速杆换到二挡，车子又开始加速前进了。

他转动方向盘，向建筑群那边前进。机修工在车旁跑，又是喊，又是打手势。贝克看得出，机修工在权衡利弊：是学电影中的武打英雄，跳到车前挡住行进中的铲雪车，还是把难题丢给别人？

机修工可不傻。如果强行跳进驾驶舱，不慎摔下去，就可能被铲雪车巨大的后轮碾碎。他的工作是维修铲雪车，不是和索科洛夫同流合污。所以，他选择了后者，直接溜之大吉。贝克听到，他大声喊着什么，声音盖过了铲雪车的轰鸣。也许是用俄语喊“来人啊，有人把我的铲雪车开走了”之类的。

贝克知道，在守卫做出反应之前，他的时间不多了，于是他径直开往关着马卡连科、戴安和妮卡的那栋建筑。

他用手掌狠狠按下方向盘的中心位置，铲雪车的汽笛嘟嘟响了起来。

那间屋子的窗帘拉开了。马卡连科和两个女孩惊讶地盯着外面。

他们三人都走到了窗前。这恰合贝克的心意。他就希望三人在窗子附近站好，因为他要绕到另一边，用除雪铲把门推开，到时候碎木屑会四处乱飞。

贝克踩住刹车，向后推动变速杆，耳边又是一阵咯吱咯吱声。铲雪车破开门之后，退了退，他的朋友穿过门洞，迅速往外跑。

贝克使劲儿推开驾驶室的门，其他三人匆匆上车。大家全都挤在驾驶座周围。贝克把变速杆推到一挡，车轮滚滚向前，朝大门驶去。

马卡连科是四人当中唯一的成年人，开车也最有经验。把铲雪车交给他来开似乎更好，可那样会浪费掉宝贵的几秒钟。

贝克踩下油门，大家全都站稳身体。

“给詹姆斯打电话，”贝克厉声说，“我还有别的事。”

戴安已经在背包里翻找卫星电话了。

前方道路一侧是一个更大的车库，车库入口处又长又宽，三辆大型豪华越野车并排停在车库里，车头全都向外。

“那些车可以追上这一辆……”马卡连科说道。

贝克慢慢转弯，把铲雪车开进了车库入口，车身一半进了车库。他咬紧牙关，听着刺耳的摩擦声和金属断裂声传来——铲雪板的边缘撞进了第一辆越野车的前部。那里是车子的水箱和大灯，现在已经完全断裂，火花四溅。贝克把车开走了，第二辆和第三辆越野车已经挤到了一起，没必要再撞了。见此情景，两个女孩欢呼起来，马卡连科看呆了。

贝克将车子开出了车库，回到了原来的大路上。铲雪车的大灯照亮了建筑群的大门。灯光中全是守卫人员，他们全都举起了枪，对准了铲雪车里的四个人。

女孩们的欢呼声戛然而止。

贝克将铲雪车对准大门中央，拉动控制铲雪板的操作杆，铲雪板慢慢升了起来，挡住了前方的视线。子弹不断飞来，虽然前面有厚厚的铲雪板挡着，可大家还是本能地往后缩。子弹射中弯曲的钢板，直接弹了出去，消失在了黑夜中。

和车库的卷帘门以及关马卡连科那间屋子的门相比，要撞开建筑群的大门就要多费些功夫了。铲雪板每撞击一次，车上的人就往前晃一次。不过，门再结实也不是铲雪板的对手。巨大的车轮和坚固的橡胶外胎碾轧着倒在地上的大门呼啸而过，四个人总算杀出了一条血路。

他们已经逃到外面的柏油路上，贝克可以加速了。速度盘显示是80。也就是说，他们现在的时速是80公里。

即便如此，也比不上子弹的速度。通过铲雪车的后视镜，贝克发现索科洛夫的人跑到了撞开的大门口，继续开枪射击。现在是车屁股对着大门，没有铲雪板防护。不过，还有发动机挡着。

“快趴下！”贝克大喊。他往前弯腰，趴倒在方向盘上，咬紧牙关，做好准备，应对子弹的冲击力。

他没听到射击声，但已经看到结果——子弹穿过驾驶室，穿透挡风玻璃，飞了出去。挡风玻璃上顿时出现了一排细密的小孔。

铲雪车发出了奇怪的声音，开始抗议了。贝克猜测，肯定有子弹射进了发动机，谁知道给车子造成了什么影响。反正他也没打算一直待在车里。只要发动机还能继续带着他们向前，他才不在乎车子到底是好是歹呢。

马卡连科突然大喊了一嗓子，妮卡也跟着尖叫起来：“爸爸！”

马卡连科趴倒在驾驶座旁边，脸色苍白，用力抓着肩膀，鲜红的血液透过厚厚的棉衣涌了出来。

第十八章

子弹穿透发动机

马卡连科靠在驾驶室一侧，身体慢慢往下滑。他还没有失去意识，但脸上已经毫无血色。一枚子弹穿透发动机，不幸击中了他的肩膀。

他没再发出声音，但贝克知道，如果一个俄罗斯人喊疼，那一定是糟糕到无法补救了。

射击没再继续。他们已经拐了个弯，看不到身后的建筑群了，也就是说，建筑群那边的人也看不到他们了。

“伤到哪儿了？”贝克迫不及待地问，同时他还要注意路况，双手握紧方向盘。铲雪车轰隆隆地颠簸前行。

“我感觉……是肩膀。我的胳膊没有知觉了。”马卡连科咬紧牙，勉强回答说。贝克仔细观察他的嘴巴。如果子弹射穿了肺部，他会咯血——现在能做什么处理就得先做什么处理，不可以再耽搁了。

“急救包在我的背包里。”贝克对妮卡说。

“喂，贝克？”詹姆斯的声音把贝克吓了一跳。他差点把布置给戴安的任务忘了。朋友的声音此时从卫星电话里传来，显得特别不真实。

“詹姆斯！我们救出马卡连科了！”戴安说，“我们需要救援！”

“现在我们去预先说好的山顶平地。”贝克补充说。

“我知道。那个……”

戴安和贝克相互看了看。詹姆斯只要说“那个”，接下来大都不是好事。

“可能要稍微晚一会儿。飞行员说，遇到了异常天气状况……”

贝克用力拍了一下方向盘，满心挫败，可这个时候生气也没用。遇到异常天气，谁也没办法。

“要晚多久？”

“到达时间可能要晚半小时，也许更久。抱歉，贝克。得等天气状况允许，空中交通管制放行，飞机才能起飞。”

“那好，我们在山顶平地那儿等，飞机一到就能接上我们。我们要尽快去医院。妮卡的爸爸被子弹射中了。要么找一家可以接受直升机的医院，要么派一辆救护车。”

“呃……”他们听到詹姆斯又迟疑了一下，“医院？”

“没时间细说了，吉姆。请直接想办法。”

“好的，先这样。”

“拜托……请帮帮我。”妮卡说。戴安立刻伸手帮忙。他们得把马卡连科的外套完全解开，用绷带缠住伤口。最好的办法就是把外套剪开，可现在不能这么做，下车后马卡连科还得靠外套保暖呢。他们不能一直待在温暖的驾驶室里。

其实，驾驶室里不只是温暖。贝克还闻到了烧煳的气味。他使劲儿嗅了嗅，看了看车子上的设备。温度计已经显示红灯，油表快接近数字零了。刚才子弹一定射穿了油箱，发动机的油快漏光了。

“把地图给我。”贝克说。他不想打扰戴安，想让她专心帮助妮卡，所以，戴安递给他地图之后，就继续低头忙活了。贝克慢慢在方向盘上打开地图，一手扶着方向盘，一手按着地图。他看着山顶平地，看着建筑群，以及中间那段路，眉头紧锁。没想到建筑群是这样的，看来得调整一下计划了。

“还有 8 公里，”他说，“我本来想着大路会一直通到山顶平地，咱们可以把车开到山顶平地附近，然后再步行。铲雪车太大了，没办法从树林中穿过去。”

等时间允许，他会用 GPS 定位。

戴安严肃地点了点头，继续忙着包扎。她扯开马卡连科的外套，妮卡将绷带送进去，那团绷带卷成了一团，看上去很小。

“至少咱们领先敌人很多了，只要他们没办法开车出来追就行。”戴安说。

“他们没办法开车，但他们还有机动雪橇。好在雪橇无法在树林中穿行。不过，他们迟早会赶过来的。”

“我可以用纱布按住子弹伤口，”妮卡沮丧地说，“可没办法固定住。绷带不够长。”

“我自己按着。”马卡连科喘着粗气说。他用另一只手紧紧按住外套里面的纱布。

贝克瞟了一眼车外的针叶林，这种地形他了解。

“我想我可以帮上忙，等咱们下车再说。”

六分钟之后，大家就要弃车了。他们得步行走进路左侧的树林。贝克放慢车速，将方向盘向左转。戴安伸手阻拦他。

“把车头对准右侧不好吗？”她说，“等那帮家伙追上来的时候，可以误导他们。”

“妹妹，你说得太对了。”

贝克转动方向盘，让大家在道路右侧下了车。没一会儿，他们就钻进了灌木丛。铲雪板一开始铲到灌木丛的时候，非常轻松，再往前，植物长得特别厚，铲雪板就铲不动了。

该跟铲雪车告别了。贝克从驾驶舱里跳下来的时候，轻轻拍了拍金属板。

“谢谢你把我们带到这儿，伙计。现在我们得靠自己了……我们知道，他们会来找我们。虽然不知道什么时候，但他们一定会来。所以，我们首先做的就是离开大路……”

一行人在树林中蹒跚前行的时候，戴安开始在脑海中酝酿下一篇视频的配文。

她和妮卡走在马卡连科的两侧，搀扶着他，马卡连科尽量独立行走。他的步子是不是更加不稳了？戴安说不上来。他是否失血过多？他们得给他做些处理才行。

但他们得先远离大路。贝克已经尽可能把铲雪车开到远离大路的地方了。他把铲雪车停好之后，沿着车辙往回跑了一段，方向和车头恰恰相反。即便如此，他们也不确定这样足够隐蔽。如果机动雪橇开过来，大灯往树林里一照，估计立刻暴露无遗。

所以，唯一能做的就是尽量拉开和铲雪车之间的距离。

贝克走在队伍最前面。他把 GPS 绑在了手腕上，手里拿着指南针，这样就可以同时看到 GPS 和指南针了。他用另一只手拿着一根棍子探路，和来时一样。现在周围也是黑乎乎一片，树影已经和夜色融为一体。现在大家不用再担心制造噪声了。如果身后有人，他们第一时间就会听到发动机的动静。所以，大家不顾一切尽快赶路，脚下踩到树枝发出咔嚓声，眼前有树枝打到脸，也都不在意了。

“好啦，”大约走了五分钟，贝克发话了，他转过脸，说道，“咱们在这儿好好歇一会儿，解决棘手问题。看看你们俩能否把伤口处理一下。”

“得冒险用一下手电筒。”戴安说，可话音刚落，她就发现，贝克的脸好像清楚多了。原来，夜色已经慢慢退去，周围是黎明的灰白。

他们忙了一整夜，太阳就要升起来了。

“照一小会儿没关系，”贝克说，“真正处理伤口，不需要太久。”

他转过身，开始用脚把一块地面清理干净。戴安很放心贝克，他知道该怎么做，于是转身给妮卡帮忙。

现在不用挤在空间狭窄的驾驶室里，她们俩可以把马卡连科的外套脱掉了。马卡连科尽力伸展手臂，脸却扭成了一团，咬着嘴唇尽量忍着疼。可大家还没碰到伤口，他就哎哟一声，垂下了手臂。

“是肩膀中弹，我使不上劲儿。”他呻吟道。

子弹会破坏手臂上的部分肌肉，因此手臂会无力。戴安本来想说这句话，但她没有，她准备留着解说视频用。现在最好的做法就是保持安静。“你只要自然垂下手臂就好，剩下的交给我们来做。”

两个女孩把马卡连科的外套彻底脱掉，妮卡解开衬衫最上面的几粒扣子，让爸爸露出肩膀。马卡连科立刻抖了起来，戴安知道，他发抖不仅仅是因为冷，还因为伤口。枪伤会使他休克，心率过快，体温和血压下降。他们要尽快让他暖和起来。

戴安用手掌捂住了手电筒的光，手指之间立刻呈现出红色。她第一次清晰地看到伤口。子弹射穿了马卡连科的二头肌，在皮肤上留下了一道血印。

“找到了，”贝克在戴安身后说，“准备好绷带。”

他抓起一把黑乎乎的东西，戴安立刻闻到一股刺鼻的气味，像是什么药。

妮卡已经扯紧绷带，贝克将手里的东西直接盖在伤口上。借着昏暗的光，戴安发现，那一把东西好像是苔藓。

马卡连科疼得发出了嘘声。

“那是什么东西？”他喘着粗气问。

“泥炭藓，”贝克说，“里面含有碘，是天然的抗菌剂，而且可以止血。现在只要能止血，防止伤口感染就行了。等离开这儿，咱们再进行细致的处理。”

妮卡用绷带裹住泥炭藓，然后绕过爸爸依然发抖的肩膀。系好绷带之后，她帮爸爸把衬衫和外套穿好。最后，他们把一段绷带挂在马卡连科的脖子上，绕个圈，方便他把胳膊固定住。

“咱们现在怎么才能走出树林呢？”马卡连科问。

贝克忘了，大家因为太着急，还没告诉他详细的计划呢。

“会有直升机来接咱们的……就是得等一下，”贝克说，“咱们在这儿等就行。”

“直升机？哎呀！”马卡连科酸酸地说，“我怎么没想到呢？三个小孩既然能越狱把我救出来，找到直升机应该不是大问题。”

他们没说，其实，直升机是第四个小孩帮的忙。

“直升机到哪儿找咱们？”

“山顶的一块空地，离这儿大约 4 公里，在……”贝克一边说，一边举起 GPS，让大家一起看，“35 度角的方位。咱们马上出发。哦，先把这个裹上。”

他掏出一个四四方方的塑料包，将其撕开，里面的东西抖出来之后，贝克手里居然出现了一块毯子。

戴安惊讶地眨着眼睛。

“这是哪儿来的呀？”

“消防毯，在驾驶室里找的呀……”

他没再往下说，歪了歪脑袋。大家立刻会意，听到了不远处的异常动静。

静谧的空气中传来了发动机的声音。

三人给马卡连科裹上毯子，马卡连科用没受伤的手捏住毯子边缘。贝克看了看指南针，确认好方向之后，大家继续在树林里前行。

第十九章

最后的冲刺

天亮了许多。戴安现在可以清楚地看到贝克走在前面，用棍子探路。她还看到，前面横出来的树枝不停地扫着他的脸。

她和妮卡架着马卡连科的胳膊，但他自己也在用力往前走。他靠着顽强的意志力，拖着时时刻刻想要停下来休息的身体，奋力向前，大口喘气。戴安想帮他，却没有他走得快。

“贝克，”戴安小声喊道，她知道声音会传播得很远，可她必须要说，“咱们像推土机一样跌跌撞撞地前进，难道不会被追上吗？”

身后发动机的声音已经消失了，也就是说，那些人已经进入树林。不知道来了几个人，也不知道现在离他们有多远。

“咱们知道往哪儿走，”贝克头也不回地说，“可他们不知道。”

“可咱们不是留下了脚印吗？”她问。

“那个不是问题。”

戴安迷惑地低下头看了看。贝克说得对。树林的地面上只有一小块一小块的雪，也就是说，走上去不会留下太多脚印。她让自己稍微放下心来，可还是感觉不对。现在脚下是一层松针和小树枝，眼前还时不时出现挡路的树枝。

“咱们多少都会留下痕迹，”她说，“有经验的捕手会……”

“那些人根本没有经验，”马卡连科咬着牙，鄙夷地说，“他们活在当今的俄罗斯，对此还沾沾自喜。我们的先辈有着精湛的技术和优良的传统，可以靠力量和能力活下去。他们对这些毫无兴趣，他们觉得有钱能使鬼推磨。这就是现代社会。所以，他们算不上猎手或捕手。”

好吧，戴安觉得这倒是真的。

可问题是，不管身后是谁，不追上他们肯定不会罢休。他们手脚利索，不用扶着伤员，而且可能还带着枪。

四个人继续在树林中前行。

没一会儿，天就大亮了，贝克不需要用棍子探路了，也就是说，他可以全心关注 GPS 和指南针了。他需要全神贯注。这片树林比他们来时走的那片要茂密。沿着直线前行几乎不可能。树枝盘绕在一起，根本没办法分开，地面一会儿高一会儿低，就像折断之后重新拼合起来的。

戴安不想说话，怕贝克分心。她知道，他心里的弦已经绷得够紧了，要不断平衡 GPS 指出的路线和他们能走的路线，但具体走哪儿，还是要根据实际路况来定。每次偏离正确方向，贝克都得想办法尽快绕回去。这个经验戴安也有：如果每次都偏离一点点，最后到达的地方就会和目的地相差甚远。好在有 GPS，他们知道该往哪边走，可有时候目的地会突然跑到数公里之外。

“停下来喝水，”半小时后，贝克说，“休息一分钟。”

能停下来休息，大家都松了一口气。妮卡掏出水瓶，贝克通过卫星电话跟詹姆斯联络。

“飞机已经出发了，”詹姆斯一接电话就开门见山，“到达时间大概是四十分钟之后。你们呢？”

“一样！”贝克回答得简明扼要，但戴安知道，他心里一定松了一口气。

“托木斯克有一家私人医院，我的手下很熟悉，已经帮你们挂了号。不管谁负责治疗，都没问题。飞行员会把你们送到那儿。”

贝克嘿嘿笑了。

“下次见面，不管你愿不愿意，我都要拥抱你。好啦，不说啦。”

该赶路了。

没一会儿，地面就变成了上坡。戴安偷偷看了看贝克手腕上的GPS。显示当前位置的亮点和显示目的地的亮点几乎挨在了一起，看来目的地不远了。

可地面突然变成了向上的陡坡。山顶平地离他们不远了，几乎就在正上方。

贝克看看大家。

“开始最后的冲刺？”

大家疲惫地点点头，开始往上爬。

斜坡上的树稀稀拉拉，地面上积雪多了不少，也就是说，这个时候爬起来更滑，而且他们也更显眼。

突然，戴安没踩稳，身体往一侧倒了下去。她赶忙抓住离自己最近的树枝，但树枝还是从手指间溜走了，她重重地摔到了地上。

脚下有雪，还有潮湿的松针，因此，走起来困难重重。

“我没事。”她咬牙低声说，然后挣扎着站起身。

“如果不赶时间，我会先看看，找一条更好走的路，”贝克说，“可现在……”

“我知道，咱们继续。”

如果天气很好，戴安会一路往上爬，大步流星，最多五分钟就能爬到山顶。

可现在只能放慢速度，走“之”字，降低难度。马卡连科虽然嘴上不说，可已经快没劲儿了。每走一步，他的胸口都会剧烈起伏，牙齿咬得咯咯响。

就在这时，不远处传来了新的声音。大家听到之后都呆住了。

这不是发动机的声音，是让他们不寒而栗的声音。

狗叫声。

索科洛夫的猎犬，训练有素，能够嗅到猎物，然后将其撕个粉碎。

敌人无需追踪的技能，因为狗已经替他们代劳了。

“继续前进。”贝克停顿片刻之后说道。

现在别无他法，能做的只有一件事。所以，他已经做出决定，就做这件事。

不去管狗叫，继续前行。

“我们是跑不过狗的。”戴安小声说。

“实际上可以，”虽然压力重重，可贝克还是对着一脸惊讶的戴安笑了，“狗擅长的是短跑，长跑它们不行。如果一个人不停地跑，迟早会把狗甩掉的。”

“可这些是猎犬啊。它们习惯了长跑。”

“问题是它们已经跑了很远。机动雪橇上面放不下几条狗，那几辆越野车已经报废了，所以，它们是从建筑群那边一路跑来的。跟着狗一起跑来的人就更惨了。我们看到的那几个，没有一个擅长运动。所以，他们更撑不住。咱们只要继续前行就可以了。”

他抬抬头，看了看上方。

“继续往上爬，我都能看到山顶了。”

阳光透过枝丫照了过来，山顶就在不远处，大家鼓足劲头，准备爬完最后的几米。

虽然贝克说得信心十足，可他知道，现在必须要把狗这一因素考虑进去。他脑海中慢慢浮现出几种场景。妮卡像是猜到了一样，直接说了出来。

“要是直升机先到，狗后到……”

“那当然最好。”贝克说。

“要是……狗抢先一步，冲了上来，它们肯定比人跑得快。”

“那咱们就把狗赶走。狗都是胆小鬼，只要你进，它就会退。”

停顿片刻，她又说：“要是……狗和它们的主人一起先到……”

大家面面相觑。

“那就没办法草草了事了。”戴安轻描淡写地说。

贝克点点头。

“我觉得也是。”马卡连科说。一行人继续往山顶爬。

贝克猜测，要是夏季，山顶应该是一片绿油油的草地。山坡上树木不多，说明土壤很薄，只能长出草。

现在到处都是雪，白茫茫一片，上面没有任何足迹，整个山顶有足球场那么大，周围是一圈松树。贝克扫了一眼。

除了四周，中心毫无藏身之处。

“你们俩，往那边走，”他指着不远处对两个女孩说，“尽量靠近树，尽量少留脚印。我和马卡连科走这边。咱们得让狗费点力气，一会儿大家到另一侧那棵高高的松树下碰头。”

兵分两路也许能为他们节省宝贵的几分钟，贝克心想。现在对他们来说，最关键的就是时间了。

四人毫无异议，沿着不同的方向出发了。

贝克已经做好准备扶着马卡连科了，可马卡连科依然在坚持自己往前走。偶尔会跌跌撞撞，不难看出，他有些力不从心了。贝克根本不用问他感觉如何，这个一目了然。

戴安和妮卡首先赶到了那棵松树旁。贝克和马卡连科赶来的时候，她们正盯着树干说话呢。

“如果爬上去，也许不会被狗发现吧？”妮卡说，“松针很密，那些家伙或许看不到咱们……”

贝克点点头，他已经在盘算如何让三个孩子连同一个伤病员爬上树了。永不言弃。他要一直战斗，要将正义坚持到底。

“来不及了。”马卡连科小声说。

有人从山顶空地另一侧的树林中冒了出来。

贝克仔细看了看，赶过来的一共是四个人，四条狗。不过，他们状态都不怎么样——狗贴着地面，缓缓前行，人则是跌跌撞撞的。他说得没错，穿越树林追赶，已经耗尽了他们的体力。

“咱们可以从这边返回树林，”戴安说，“兵分两路。”

贝克点点头：“这样他们就不得不分成两队。”

“要战斗到底。”妮卡很满意。

“他们有武器啊，”马卡连科说，“不过，咱们可以躲进树林。”他突然歪了歪头，“好像是……”

头顶上方传来直升机的声音，在场的所有人都听到了。山顶空地一阵轰鸣，像是雷声，积雪和松针飘得到处都是。直升机在他们头顶打转，一边减速，一边往地面靠近。

贝克回头看了看空地另一侧的四个人。他不知道他们在想什么。他们有枪……不过，目前还没对准直升机开枪。他们接下来会不会这么做呢?

也许不会。毕竟他们不知道直升机上是什么人。说不定直升机上的人会攻击他们。这几个暴徒也许没脑子，可有一点他们很清楚，那就是别惹不必要的麻烦。

接着，那几个人蹲下身去，解开了系在狗脖子上的皮带。几条狗瞬间沿着平地冲了过来，狗的主人在后面拼命追赶。

用不了一分钟，四个人就会赶到。四条狗冲上来只会更快。“想走，看来没那么简单了。”贝克从牙缝里挤出一句话。他四处搜寻，找了一根粗棍子，两脚分开，在原地站稳，准备投入战斗。

直升机再次轰鸣，此时就在山顶正上方了。它倾斜机身，螺旋桨顿时成了巨大的扇叶，把地上的积雪和松针吹得到处都是，直接打在了那几个家伙的脸上。他们赶忙捂住脸，转过身。狗汪汪叫着跑开了。

直升机摇摇摆摆落到了地上，离贝克他们只有几米的距离，舱门已经打开。

两个女孩冲了过去，先把马卡连科扶上去，她们紧随其后，爬了上去。贝克迟了半秒，直升机就晃晃悠悠离开了地面。他纵身一跃，抓住舱门不放手，飞行员赶忙将机身向一侧倾斜，贝克这才成功滚进了机舱。他感觉到脚下的金属地板慢慢升高了——直升机成功接走了他们。

第二十章

提前离开

“喂，”贝克喊道，戴安和妮卡跟在他身后进了宾馆大厅，“那些不是……”

“是咱们的包。”戴安替他说完了下面的话。

宾馆接待处人头攒动。探险队准备离开这里，前往修道院——他们最初的目的地，之前一直等着被批准，耽搁了许久。一箱箱的设备摞在大厅一侧，等着装车。

戴安和贝克的包并没有和探险队的设备放在一起，而是整整齐齐堆放在接待台上。

他们本来计划把马卡连科救回来，飞回萨林斯克，悄悄溜进宾馆，神不知鬼不觉地把借出来的设备还回去。

可是，马卡连科中枪了，计划全都变了。他们飞到了托木斯克，接受医疗救援，没办法偷偷潜回。贝克别无选择，只得跟斯韦教授通电话，很尴尬地承认这一切。

医生说，马卡连科还需要卧床休息几天。戴安、妮卡和贝克坐着直升机先回萨林斯克，然后叫了一辆出租车，从机场直奔宾馆。他们才走进宾馆大门，大家就都知道他们的行踪了。

“贝克！戴安！”从人群中挤过来迎接兄妹俩的是艾玛·罗伯森，探险队最年轻的科学家，也是贝克他们的朋友。艾玛脸上满是热情的笑容，她紧紧搂住贝克和戴安，然后转身对妮卡说：“你妈妈打了电话。她会来接你，现在已经在路上了——材料她已经转交了。”

又是一阵拥抱，妮卡的脸上露出了轻松的表情，有种拨云见日的感觉。

贝克松了一口气。卢德米拉已经把马卡连科收集的黑手党资料交给了詹姆斯派去的私人情报员，这个消息真是太好了。也就是说，资料很快就会到达布雷克公司驻莫斯科的办公室。詹姆斯会把资料全部扫描出来，然后通过他认识的俄罗斯国内外的新闻窗口发布。

索科洛夫统领俄罗斯黑手党的日子结束了。萨林斯克多少都会比以前安全一些了。

结束，任务完成，贝克心想。现在他们要考虑来这儿的初衷了。探险要继续下去。

所以，他又开始纠结于一进门时的疑惑了。

“艾玛，我们的包怎么……”

“斯韦教授想见你们俩。”艾玛收回了脸上的笑容，“妮卡，你稍微等一下好吗？”

艾玛带着贝克和戴安穿过大厅，来到了探险队用作办公室的房间。

刚到门口，贝克和戴安就愣住了。里面正是斯韦教授，在桌子后面坐着……

趴在他身旁的是彼得·亚历山德罗夫博士，两人正凑在一起看报纸呢。他们上次见这个人的时候还在“绿色力量”办公室外面，当时他表现出一副和马卡连科势不两立的模样。

斯韦抬头瞟了一眼。他脸上没有丝毫笑意。

“博士，请您先出去，我跟他们谈谈。”

亚历山德罗夫点点头，离开了房间。贝克依然记得他和马卡连科之间那种奇怪的敌对情绪。难道是亚历山德罗夫向索科洛夫泄密，说他们跑去救人了？

他现在觉得这个人更可疑了。

亚历山德罗夫和贝克用眼角的余光瞥了瞥彼此，直到他彻底走远了，贝克才开始注意斯韦教授。斯韦教授一脸怒气，瞪着兄妹俩。贝克不知道他会不会让他们坐下。

实际上并没有。

“哟，”斯韦开口了，“你们回来了啊。你们本来可以不惹麻烦的。明天一早你们从托木斯克飞回家，机票已经订好了。”

戴安和贝克呆住了。

“我们才从托木斯克回来！”贝克惊呼。

“对，早知道就不该白跑一趟，对吧？”斯韦往前凑了凑，“现在你们知道这里的局势有多敏感了吧？你们和这儿的一个大人物结下了仇。”

斯韦盯着贝克，好像贝克就是罪魁祸首。贝克耸耸肩。

“萨林斯克比以前安全了。索科洛夫的好日子彻底结束了。”

“贝克，百足之虫，死而不僵。你就这么确定，他或者他的同伙不会重现江湖？你就这么确定他不会找你或者你身边的人报仇？”

戴安和贝克面面相觑。

“教授，您应该看得出，我们可以照顾好自己。”戴安说。

“的确，”斯韦教授继续盯着贝克，“贝克·格兰杰，你呢？你能不能担保有你在，探险队里的每个人都安全？”

突然间，贝克听懂了他的话，也猜到了他接下来会怎么说。

他无法回答。

“不，你当然不能。”斯韦教授坐了回去，双手交叉放在脑后，“探险队最根本的目的是什么？”

“寻找锐西姆。”贝克小声说。

“什么是锐西姆？”

“是一种超导体……”

“这算不算好事？是不是很重要？如果探险队成功了，全世界是不是都会受益？”

“那肯定啊，”戴安皱着眉头，贝克觉得她还没听出斯韦教授的话外音，“那将会改变一切。”

“所以你们明白了吧？我不能允许任何人或任何事破坏这次行动。我不能让队员分心，不能让他们时刻担心接下来会有什么麻烦，我要让他们全神贯注投入探险工作。你们懂了吗？”

现在戴安全听明白了。

“你想让我们俩离开，是吗？”

斯韦冷冷地笑了。

“的确如此。我知道，这次探险是你们的朋友资助的，可我是探险队的负责人，保证每位队员的安全，是我的责任，不是他的责任。我不能让探险队有任何麻烦。”

贝克想到了詹姆斯。如果他开口，詹姆斯可以命令斯韦，让贝克和戴安留下。

然而，斯韦说得没错。贝克觉得很痛苦，可他不得不承认，他无法确定索科洛夫会就此收手，黑手党很可能还会一路杀回来。不管他们去哪儿，他们身边的人都会有危险。探险队需要成功，整个世界都需要锐西姆。

贝克感觉难过算不了什么，和一个没有污染的世界相比，这种情绪不值一提。

“我们什么时候走？”他咕哝道。

卢德米拉点点头，动作很慢，但很睿智。

“你们……是不习惯失败的感觉，对吧，贝克？”她问。

刚才卢德米拉来接妮卡，贝克和戴安刚好在和斯韦说话，她和妮卡听到了一切，很同情这对兄妹。她本想带三个孩子出去吃午饭，可是前往机场的出租车已经订好了，探险队傍晚动身，斯韦希望那个时候贝克和戴安不在现场。兄妹俩要在机场宾馆过一夜了。

现在卢德米拉唯一能做的就是从宾馆的餐厅帮他们买些热饮。

贝克很恼火地盯着地面，他感觉脸都涨红了。

“是，是不习惯。”

“哎呀，这个不叫失败，只是在合适的时候退出。这两者不一样，完全是两码事。你们想做好事，在俄罗斯做的就是好事啊。”

“对啊，只是……”贝克拼命找寻合适的词语表达此刻的感受，“只是……”

“我们从北京出发，一路赶来，就是为了寻找锐西姆，”戴安解释说，“现在却要放弃……唉，您说得对。也许其他人可以继续寻找锐西姆，反正我们也不是无所作为。还有，”她瞟了一眼贝克，“也许这样能够和……和某个人保持距离？”

贝克嘀咕道：“咱们又不知道是不是他。”

“是不知道，但他的确是一个强有力的对手。”

卢德米拉看看贝克，又看看戴安，满头雾水。

“我们觉得探险队里有人偷偷告诉了索科洛夫我们三个去救爸爸的事……”妮卡解释说，“贝克和戴安怀疑是一位俄罗斯的科学家，亚历山德罗夫博士。”

“彼得·亚历山德罗夫？”卢德米拉哈哈大笑起来。

三个小伙伴全都愣住了。

“没错，他和格里戈里的关系的确不友好，但他很忠诚，这一点我可以用生命担保。他不会做任何伤害你爸爸的事。他们俩年轻的时候就闹掰了，因为一个女人。”她脸上的微笑给出了答案——那个女人就是她自己，“最后，我选择了格里戈里，然后，我们有了宝贝妮卡。”

说完她怜爱地抚了抚妮卡的头发，三个小伙伴顿时觉得自己好傻，好尴尬。

看来是谁出卖了他们将成为无解之谜了。

戴安看了看手表。

“还有五分钟，出租车马上到，”她小声说，“咱们得准备一下了。”

大家点点头，依依不舍起来。

“贝克，戴安，谢谢你们俩，”卢德米拉真诚地说，“非常感谢。记住，友谊长存，这儿永远都有你们的朋友。”

没错，反正交了几个朋友，贝克心想。他把现在的妮卡和几天前的妮卡比较了一下。当初妮卡乞求他和戴安帮忙时，他以为她只是一个害羞的小女孩，看上去那么无力。经历了重重困难之后，她现在变得勇敢了，坚强了，再也不会那么轻易被吓到了。

“探险队在修道院有什么发现，我们会及时告诉你们，”妮卡说着，又上前抱了抱兄妹俩，她哈哈笑着打趣道，“但愿那些修道士走的时候没有把锐西姆都带上。”

贝克也笑了，他知道妮卡在逗他。要是修道院真的有矿藏，地下藏着的肯定比修道士带走的要多。

可他突然想到了一些新的问题，这些问题以前他从未思考过。

“为什么修道院空了？”他说，“修道士都去哪儿了？”

“因为从前曾发生过宗教迫害，”卢德米拉说着耸了耸肩，“很多修道院都关门了。至于那些修道士去了哪里，我就不太清楚了，也许逃往欧洲了。”

贝克决定好好查一下。

现在只能先和这里告别了。

出租车开走了，卢德米拉和妮卡不停地朝他们挥手，直到出租车消失不见。

戴安和贝克坐在出租车后排，你看看我，我看看你。

“也许这样对咱们有利哟，”戴安说，“我还不了解你？就喜欢啃骨头——咱们跑出俄罗斯，黑手党也许会跟出俄罗斯，如果他们愿意玩跟踪的话。”

贝克笑了。

“对，哈哈。谢谢你，戴安，谢谢你宽慰我。”

他知道戴安在说笑。

像索科洛夫这种小城市里的黑帮老大，不会为了找两个小孩报仇，不顾一切跑到另一个国家的。

难道不是吗？

“如果有战斗，我从来不会躲，”他说，“以前不会，以后也不会。让他们来好了。”

“到时候得告诉我哟，”戴安说，“我来拍电影……”

贝尔·格里尔斯的求生技巧

妮卡的父亲马卡连科被俄罗斯黑手党的一个头目索科洛夫抓走了，贝克和戴安、妮卡为了营救马卡连科，要在寒冷的冬天穿越西伯利亚浓密的针叶林，爬上布满冰雪的悬崖，穿过冰洞频现的冰湖……西伯利亚的寒冬非常危险，要时刻警惕低体温症的发生，合适的装备非常重要。

服装

选择合适的服装很关键，温度低于零摄氏度更是如此。方便的话，应该准备羊毛袜、吸汗的贴身衣物、羊毛衫，以及防水布料的保暖外套。如果条件简陋，手头有什么就用什么。要充分利用衣物保暖，请记住“COLD”（寒冷）的四字口诀。

C：“Clean”，意思是“保持衣服干净”。在野外保持衣服干净并不容易，灰尘和油渍会影响衣服的保暖性。只要能生火烘干衣服，就可以经常在溪水和湖水里将衣服洗一洗。

O：“Overheating”，意思是“过热”，这一点要避免。如果感觉过热，就会出汗，衣服就会变潮。等你感觉不热了，潮湿的衣服就会结冰，体温会迅速下降。

L:“Loose”和“Layers”，意思是“宽松”和“多穿几层”。多穿几层薄的衣服比只穿一件厚外套要好。每层衣服之间都会有空气，空气是隔热的，可以起到保暖作用。

D :“Dry”，意思是“干燥”。潮湿的衣服会吸收身体的热量，麻烦很快就会接踵而至。把衣服拧干，或者生火烘干。可以在腋下塞一双袜子，这样潮湿的袜子白天就会自然风干。

低体温症

人体正常的温度在36摄氏度和37摄氏度之间。如果体温下降1摄氏度，你就会感觉过冷或过热。如果下降2摄氏度，就会患低体温症。低体温症非常严重，会危及生命，需要立刻采取措施。

警惕以下症状：

★身体想要保持温暖，会不停地发抖。如果突然不抖了，就说明身体开启了应激模式——血液不再向四肢输送，集中供给心脏、肺和大脑等核心部位。

★身体很冷。

★嘴唇发白。

★不说话。

★头发昏，动作缓慢且不协调。

如果有人疑似患有低体温症：

★ 让疑似患者脱下潮湿的衣服，换上干衣服。

★ 让疑似患者躺进睡袋，最好有其他人陪同。其他人用体温帮助疑似患者取暖非常有用，两人皮肤紧紧贴在一起会更好。这个时候不必害羞。

★ 让疑似患者多喝含糖的热饮。

★ 在疑似患者的腋窝、颈部、腹股沟以及上腹部放暖水袋或暖水瓶。

★ 让疑似患者多去小便。膀胱内有小便，需要消耗很多热量。

★ 如果疑似患者呼吸骤停，随时准备好实施心肺复苏术。

记住：

★ 不要让疑似患者泡在热水中，这样身体会强行将集中在核心部位的血液输送到皮肤。

★ 不要直接给疑似患者的四肢取暖。

★ 不要给疑似患者按摩或摩擦。

攀岩

攀岩主要依靠的可不是手臂。你偶尔会依靠肱二头肌，但这样很容易受伤。最好将手臂看作保持身体平衡的工具。腿部的肌肉更多，也更强壮，所以要把攀爬的重任交给双腿。

★ 身体要紧贴岩壁。这样体重会完全分散在双腿上。

★ 核心肌群要收紧。这需要注意力相对集中，但这样有利于四肢和臀部保持正确的姿势。

★ 冷静且放松。只要感觉害怕，就很难行动——肾上腺素激增，身体会发抖，很快就会感觉疲惫。

如果需要沿着两面相对的岩壁往上爬，可以采用“爬烟囱”的方法。这个方法很简单，但需要耐心。

★ 背部靠在一边岩壁上。

★ 双脚分开，每只脚都使劲撑住前面的岩壁；双手分开，每只手都抵住后面的岩壁。

★ 双腿绷直，支撑身体向上挪。

★ 将一只脚微微往上抬，和刚才那只脚上下挨着。

★ 收回第一只脚，放到第二只脚的上面。

★ 不停重复上述动作。

最重要的一点，请牢记：千万不要放弃！

《猎犬冰湖的潜水救援》求生实用秘籍

在严寒的户外如何补充水分？

严寒的条件下，空气异常干燥，因为水蒸气都被冻住了，身体里的水分也会被空气吸收，呼吸的时候鼻子和嘴巴都很干燥。感觉寒冷时血压会上升，所以总想小便。这样很容易脱水，所以要及时补水。要把水瓶放在外套里面，免得结冰。需要补充水分之前，一定要确保水是温的。

每走 1000 米左右，就要停下来补充水分，喝水的时候，不要大口往下灌冷水，因为水温太低的话，猛喝下去，人会休克的。要喝一小口水含在嘴里，慢慢咽下去。再走 1000 米之后，再喝一些，不能一次喝太多。

如何通过冰雪覆盖的河流？

仔细观察河流，冰面至少要 8 厘米才可以承受住人的体重，如果是一直流动的河流，冰面会很薄，这时只能寻找有石头凸起的地方，踩着石头过河。

河面上隆起的形状只是看上去像石头，也有可能就是雪堆。先找一根合适的树枝，用它当拐棍。这根树枝要轻而直，长度和身高相当。每走一步都要先判断石头之间的距离，用木棍用力戳一下雪堆，探测表层积雪的厚度，判断雪层下面是不是石头，然后用尽全力，看看石头是否移动，再行动。如果脚下打滑，要用木棍支撑柱自己的身体，爬到安全的石头上。

如何爬上冰雪覆盖的悬崖？

坡度稍缓的坡面更适合攀爬，但是这样的坡面覆盖的冰雪也更多。寒冷地区的岩石很容易被腐蚀，因此攀爬时最好借助冰斧来清理掉腐朽的石块，同时可以用冰斧进行固定。双手和双脚找到安全的位置之后，一次只能移动一只手或一只脚。两只手和两只脚，至少有三个点是固定在岩石上的。借助攀岩绳会更安全。

如何在寒冷的针叶林中快速生火？

火堆最下面铺一层易燃物，也就是遇到小火星就会起火的材料，这样才能将火点燃。松针就是易燃物，在针叶林中很好找。在易燃物上面加一些不易受潮的干燥小树枝和小棍棒，作为引燃层。这是火堆的核心部分，是能量的传递层，易燃物点着之后，引燃层会将火苗慢慢传递给上层大块的燃料。火堆最上面才是燃料——大块的木头、粗树枝等。燃料在最上层，从引燃层吸收能量，慢慢释放出光和热。正常的话，一个火堆可以持续数小时释放热量。

险境知识研习营

寒冰生活

◉ 俄罗斯是世界上最大的国家，也是世界上最冷的国家。它全年的平均温度为零下 5.5 摄氏度，因为大部分地区都靠近北极。局部地区更是异常寒冷。你可以在寒冷的空气里泼出一盆沸水，它会当场爆炸成水蒸气和冰。

淡水湖的纪录

◉ 世界上最深、储水量最大的淡水湖是位于东西伯利亚的贝加尔湖。中国古称北海，曾为中国北方部族主要活动地区。贝加尔湖由地层断裂陷落而成，呈月牙形，最深处达 1620 米，储水量达 2.3 万立方千米，它拥有这个星球上 20% 的液态淡水，湖水清澈，资源丰富，冬天便结成一块巨大的冰砖，冰层厚度可达 75—115 厘米。

最冷的城市

◉ 如果你居住在西伯利亚的雅库茨克，你可能需要在出门前穿上一打内裤，裹上一层又一层厚毛衣……因为这座俄罗斯城市真是冷到令人发指。人呼出来的气能立刻冻成冰渣，鱼从河里钓上来立刻就变成了“冰棍”，全城建在坚如岩石的永久冻土上面，因此有“冰城”之称。这绝对是与雪橇犬互相依偎的好地方。

冷门工作

◉ 西伯利亚的涅涅茨人在世界上最寒冷的环境中工作。他们赶着巨大的驯鹿群，穿越万里冰封的北极圈。当涅涅茨人和他们的动物们穿过结冰的平原与河流时，那里的温度常常低至零下 50 摄氏度。

可怕的冻伤

◉ 当血液停止向身体的某个部位流动而开始结冰，便是冻伤。如果你有一个脚趾结冰又融化了，它将不再有生命：它死了，并会腐烂，而且会极为疼痛。最容易被冻伤的身体部位就是脚趾与脚，手指与手，以及鼻子。1923 年，丹麦探险家彼得·弗罗伊兴被卷入一场暴风雪中，他的脚趾被冻伤了。一个因纽特巫医提出要帮他咬掉脚趾，但是弗罗伊兴决定用一把锤子将它们砸碎。结果，他失去了整只脚。

危险的北极熊

◉ 大多数熊类遇到人都会选择避开。但是北极熊作为地球陆地上最大的肉食性动物，可是不走寻常路。它们绝不会放过人类，尤其是在它们饥肠辘辘的时候。如果北极熊正往你这边靠过来，把你的手举起来，吼叫，跺脚。如果你有喇叭，那就赶紧让它响起来。这会让你看起来更大更可怕，可能会让北极熊改变主意，放弃攻击你。

生存能力大比拼

	对	错
1. 野外生存的第一条法则是：永远保持微笑，只要活着，就有希望。	◯	◯
2. 制作简易木筏要选材质细密、比较重的木头。	◯	◯
3. 出门远行或野外探险，首选的定位设备是 GPS，地图和指南针也是必不可少的。	◯	◯
4. 如果没有指南针，就无法在户外辨别方向。	◯	◯
5. 在野外，鱼可以吃，可以喝，鱼肝经过太阳曝晒后渗出的油还可以用于防晒。	◯	◯
6. 镜子无法发出求救信号，手电筒才可以。	◯	◯
7. 椰子中含有多种维生素和矿物质，你可以喝椰水、吃椰肉。八九个月龄的嫩果最适合食用。成熟的椰子不能喝椰水，只可以吃椰肉。	◯	◯
8. 在野外，生火很重要，火柴和打火机比打火石好用。	◯	◯
9. 在雨林中一定要慢慢走，还要提防上方随时会掉落的腐烂的树枝或椰子。	◯	◯
10. 如果你被一群吼猴追逐，那么躺下来装死是不错的办法。	◯	◯
11. 在森林中最好一边走，一边用棍子开路，这样可以避免遇到蛇。	◯	◯
12. 天越冷，电量流失就越快，要把电池放到温暖的地方。	◯	◯
13. 如果在森林里遇到黑熊，你可以躺下来装死。	◯	◯
14. 白色和黄色的果实通常是不安全的；黑色和紫色的果实通常是安全的；红色的果实一定要小心对待。	◯	◯
15. 在冰雪环境中，口渴了可以直接吃雪。	◯	◯
16. 冰川或冰湖上有很多难以发现的裂缝和薄弱处，所以要一个人通过，不适合结伴而行。	◯	◯

		对	错
17.	过冰桥时要手脚并用爬过去，不能站着走过去，以免重量太集中，从而压塌冰桥。	○	○
18.	淡水鱼的肉可以生吃，但千万不要生吃鱼的内脏。	○	○
19.	在寒冷的地方，衣服穿得越厚越好。	○	○
20.	炎热地区要用嘴呼吸，才能吸入更多氧气。	○	○
21.	攀岩时，胳膊抬得越高，爬得越快。	○	○
22.	刚从人体排出的尿液几乎是无菌的，当你没有饮用水时，可以利用尿液补充水分。	○	○
23.	长期干涸的河谷盆地适合露营。	○	○
24.	人在没有方向感的时候，因为左右腿的不平衡，会不由自主地绕圈子，因此要通过参照物来辨别方向。	○	○
25.	在饮用水不够的情况下，最好不要一次喝光，每次含一小口在嘴里，让皮肤逐渐吸收水分。这样能坚持更长时间。	○	○
26.	在强烈的阳光下，要把头部和身体包裹起来，只露出眼睛即可。	○	○
27.	一般来说，蝎子越大，毒性越强。	○	○
28.	在沙漠中赶路，每走一段时间就要清理鞋里的沙子，不然沙子会毁掉你的脚。	○	○
29.	如果有人中暑，要在阴凉的地方挖个坑，让中暑的人躺进去，并不断地往他身上浇水，尽快让他的身体降温。	○	○
30.	干渴了很久之后，突然找到水源，要大口地喝，让身体迅速补充水分。	○	○
31.	碎玻璃很锋利，可以当刀子用，直接握住就可以。	○	○
32.	野外生存的四个关键要素是：保护自己，等待救援，寻找水，寻找食物。	○	○

	对	错
33. 幽闭恐惧症是人对封闭空间产生恐惧心理的一种症状。	○	○
34. 在吃虫子、蜥蜴或蛇时，要把头部去掉，因为头部可能有致命毒素。	○	○
35. 丛林中的地面有很多落叶，因此可以直接躺在上面休息。	○	○
36. 如果在雨林中迷路，沿着河流向上游走，就可以走出雨林。	○	○
37. 浑浊的河水里可能潜伏着鳄鱼，所以一定要当心。	○	○
38. 白蚁可以吃，点燃白蚁的巢穴还能驱赶蚊子。	○	○
39. 芦苇的叶子边缘很锋利，所以穿过芦苇地时，要用头巾把脸遮住。	○	○
40. 在白天，生一堆火是再明显不过的求救信号了。	○	○
41. 船只失事时，使用救生艇的四个程序是：割断，放下，覆盖，维护。	○	○
42. 在海上遇险的时候，要等有船只或搜救飞机经过时再发射信号弹。	○	○
43. 鲨鱼的薄弱处在鼻子、眼睛和鳃，如果不幸遇到鲨鱼，就狠狠击打这几个部位吧。	○	○
44. 在海上探险时，可以戴珠宝首饰。	○	○
45. 当你在野外遇险时，可以用石子、树枝等东西摆出求救信号 SOS，越大越好。	○	○
46. 当脚部出现水疱时，要挤破水疱，让里面的液体流出来。	○	○
47. 在野外追踪动物时，如果想靠近它们，要慢慢走过去。	○	○
48. 如果你在尾随动物时被它发现，应立刻停止所有动作，一动不动。	○	○
49. 在野外不要靠近受伤或带崽的动物，它们非常危险。	○	○
50. 野生动物会因为饥饿而攻击人类。	○	○

	对	错
51. 大象粪便中的水可以饮用。	○	○
52. 如果河水太急太深，可以利用三角支撑的原理来过河。	○	○
53. 倒下的树可以用来做一个庇护所。	○	○
54. 在野外，可以把食物存放在帐篷或庇护所里。	○	○
55. 在野外，应该注意隐藏食物的气味，把它们放在背包中，或者包裹在树叶、衣服里。	○	○
56. 非洲最危险的野生动物是河马。	○	○
57. 在南半球，可以利用北极星来确定方向。	○	○
58. 南十字星座由四颗星星组成，呈“十”字排列，也像一把匕首。	○	○
59. 等日出后可以收集露水来饮用。	○	○
60. 应该选择风势大的地方来生火。	○	○
61. 生火地点不能离营地太远，最好是触手可及的地方。	○	○
62. 在野外，不要带着生肉上路。	○	○
63. 从险峻的山峰速降时，不要移动得太快。	○	○
64. 在北半球，选择安营地点时应尽可能选择向南的位置。	○	○
65. 在野外，天然的洞穴是最佳的庇护所。	○	○
66. 遇到熊时，不要逃跑，不要装死，唯一的办法是尽力吼叫，用触手可及的东西打它的头，与它对抗，显示出你的力量。	○	○
67. 在水不充足的条件下，尿液可以冲洗伤口。	○	○
68. 被蜂群追赶时，如果附近有水源，一头扎进水里，有可能会救你一命。	○	○
69. 将松针揉碎后得到的树脂抹在身上，可以驱蚊。	○	○
70. 雪松的树脂加热后可以当胶水用。	○	○
71. 去户外探险时应该穿着短裤。	○	○

	对	错
72. 在丛林中被藤蔓缠住脚时，千万不要挣扎，应该把脚放松，然后慢慢解开藤蔓。	○	○
73. 在进入未知的丛林之前，要准备一根盲杖那样的棍子。	○	○
74. 从高处不慎跌落，如果下方是水，落水前，应该在空中把身子扭过来，双脚并在一起，双手紧贴身体两侧。	○	○
75. 跌入湍流中时，应该在水里拼命踩水转身，保持脚朝前，脸朝上。	○	○
76. 在丛林中寻找可以吃的植物时，应首先闻一闻。如果闻起来发苦，就应该丢掉。	○	○
77. 皮肤颜色鲜艳的青蛙大都有毒。	○	○
78. 在丛林中遇到山洞，如果要进洞探查，必须用厚衣服捂住口鼻，并且尽快出来。	○	○
79. 海水可以直接饮用。	○	○
80. 应该在荒岛上最容易被看到并且接近海滩的地点发求救信号。	○	○
81. 若意外落入荒岛，夜间可以直接睡在地上。	○	○
82. 如果被大雪困住，无法回到营地，可以挖雪洞避风保暖。	○	○
83. 雪洞可以挖得很小。	○	○
84. 丛林里很湿热，所以不必注意补充水分。	○	○
85. 为了避免出现低体温症，要定时摄入食物和水分，穿暖和，并保证适量运动。	○	○
86. 树干倾斜的树适合攀爬。	○	○
87. 在森林里最好的伪装方法就是扭曲面部。	○	○
88. 在丛林中赶路应该快速前进。	○	○
89. 在极寒环境中，要多穿几层稍微宽松一些的衣服。	○	○

对　错

90. 犀牛甲虫是一种黑亮的昆虫，头上长着一支像利刺一样的弯曲尖角，它也可以食用。

91. 被蛇咬伤后要立即把毒液吸出来或使用止血带。

92. 在野外生火时，应准备尽可能多的引火柴。

93. 打包时应将最重的装备放置在背包靠近肩部且贴近背部的地方。

94. 在潮湿的天气下，可以穿厚实的牛仔服。

95. 动物踪迹最为明显的地方是河岸。

96. 翠鸟的巢一般会建在峭壁上。

97. 尾随动物时，应穿着绿色的迷彩服。

98. 能以最快的速度在绳子上打出一个固定的绳圈的是反手结。

99. 绑帐篷桩时适合打车夫结。

100. 鲨鱼在 1000 米外就能嗅到血的气味，所以在出血的时候不能下水，受伤之后应立刻上岸。

请根据答案计算你的最终得分：　对 =1 分　错 =0 分

答 案

1. √ 2.× 3. √ 4.× 5. √ 6.× 7. √ 8.× 9. √ 10. √ 11. √ 12. √ 13.× 14. √ 15.× 16.×
17. √ 18. √ 19.× 20.× 21.× 22. √ 23.× 24. √ 25. √ 26. √ 27.× 28. √ 29. √ 30.×
31.× 32. √ 33. √ 34. √ 35.× 36.× 37. √ 38. √ 39.× 40.× 41. √ 42. √ 43. √ 44.×
45. √ 46.× 47.× 48. √ 49. √ 50.× 51. √ 52. √ 53. √ 54.× 55. √ 56. √ 57.× 58. √
59.× 60.× 61. √ 62. √ 63. √ 64. √ 65.× 66. √ 67. √ 68. √ 69. √ 70. √ 71.× 72. √
73. √ 74. √ 75. √ 76. √ 77. √ 78. √ 79.× 80. √ 81.× 82. √ 83.× 84.× 85. √ 86.×
87. √ 88.× 89. √ 90. √ 91.× 92.× 93. √ 94.× 95. √ 96.× 97. √ 98. √ 99. √ 100. √

测试结果

0—20分 **危险级**	你知道少量的野外生存技巧，但这远远不够，野外环境对你来说太危险了，请继续读书吧，看看贝克是怎么做的。
21—40分 **菜鸟级**	你知道一些野外生存知识，但这远远不够，你还要向贝克学习更多的东西。
41—60分 **从容级**	你对野外生存有不少认识，已经可以从容面对常见危险，但想成为贝克那样的探险家，请继续努力吧。
61—80分 **助手级**	你知道很多野外生存技巧，懂得不同环境下该如何照顾自己，你将会成为贝克的得力助手！
81—100分 **贝克级**	你具备了成为一名野外生存专家的潜质，也许，你就是下一个贝克！

警告

野外生存不仅需要丰富的生存技巧，还需要坚忍的意志力、强悍的体力、永不放弃的决心和随机应变的智慧等。学习生存技巧，是成为一名出色的野外生存专家的第一步，未来你需要学习的还有很多。仅凭对生存技巧的“纸上谈兵”，会让你在野外环境中艰险无比，请勿轻易涉险！

“荒野求生少年生存小说系列（拓展版）”中讲述的大量生存技巧，多应用于危险的野外环境中，经过了作者的实地探险和亲身验证，除非经过专业人士的指导和训练，请勿在日常生活中随意模仿。

贝尔作品

荒野求生少年生存小说系列（拓展版）

《巨蟒丛林的黄金密码》
《白狼荒原的三天三夜》
《毒蝎沙漠的钻石罐头》
《猛虎火山的生死逃亡》
《怪鳄河谷的远古壁画》
《狂鲨深海的复仇行动》
《黑犀草原的绝地反击》
《雪豹险峰的神秘洞穴》
《中国雨林的惊天一跃》
《巨蜥荒岛的致命毒牙》
《狼獾冰原的疯狂追踪》
《猎豹幽谷的双重潜伏》
《骆驼戈壁的超导风波》
《猎犬冰湖的潜水救援》
《白狐雪原的极限穿越》
《海鹦孤岛的绝密探查》
《毒蛇沼泽的双塔入侵》
《鳄鱼湖口的生死一瞬》
《巨蚺峡谷的岩崩求生》
《金狮冰川的风雪营救》
《孤象密林的惊心对峙》
《白鹮森林的烈焰狂奔》
《巨猩丛林的夺命追击》
《鳄鱼浅滩的地震营救》
《黑熊山谷的惊心雷暴》
《猞猁雪峰的暴风突击》

贝尔写给你的荒野求生少年生存百科

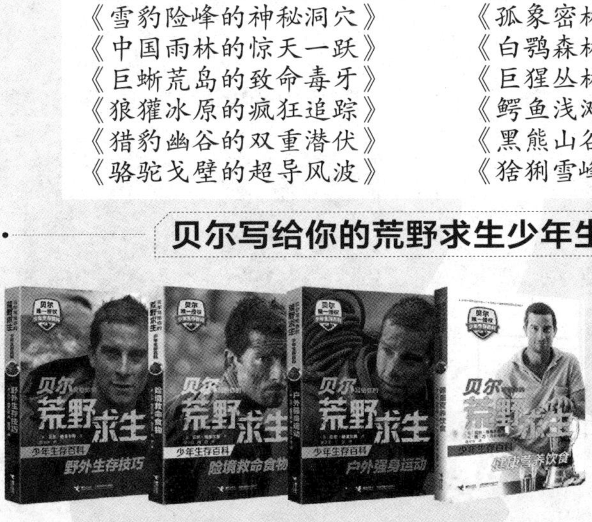

《野外生存技巧》
《险境救命食物》
《户外强身运动》
《健康营养饮食》

荒野求生技能手册

《徒步旅行必备常识》
《常用绳结 25 种》
《地图使用和导航方法》
《气象常识与恶劣天气应对》
《险境求救信号 20 种》
《如何躲避危险动物》
《野外常见致命植物》
《动物踪迹与侦察》

荒野求生绝命战机系列

《幽灵部队的绝密文件》
《失落世界的神秘猎人》
《地下密室的极限考验》
《瘟疫之岛的生死营救》

贝尔荒野求生生存新视野

《极限地球》　《绝地求生》

荒野求生：贝尔自传

《荒野求生：贝尔自传》

贝尔写给你的丛林求生小说

《险境丛林60天》《小象海蒂的72小时》